Gröls Verlage

„Bücher sind wie Fallschirme. Sie nützen uns nichts, wenn wir sie nicht öffnen."

Gröls Verlag

Redaktionelle Hinweise und Impressum

Das vorliegende Werk wurde zugunsten der Authentizität sehr zurückhaltend bearbeitet. So wurden etwa ursprüngliche Rechtschreibfehler *nicht* systematisch behoben, denn kleine Unvollkommenheiten machen das Buch – wie im Übrigen den Menschen – erst authentisch. Mitunter wurden jedoch zum Beispiel Absätze behutsam neu getrennt, um den Lesefluss zu erleichtern.

Um die Texte zu rekonstruieren, werden antiquarische Bücher von Lesegeräten gescannt und dann durch eine Software lesbar gemacht. Der so entstandene Text wird von Menschen gegengelesen und korrigiert – hierbei treten auch Fehler auf. Wenn Sie ebenfalls antiquarische Texte einreichen möchten, finden Sie weitere Informationen auf www.groels.de

Viel Freude bei der Lektüre wünscht Ihnen das Team des Gröls-Verlags.

Adressen

Verleger: Sophia Gröls, Im Borngrund 26, 61440 Oberursel

Externer Dienstleister für Distribution & Herstellung: BoD, In de Tarpen 42, 22848 Norderstedt

Unsere „Edition | Werke der Weltliteratur“ hat den Anspruch, eine der größten und vollständigsten Sammlungen klassischer Literatur in deutscher Sprache zu sein. Nach und nach versammeln wir hier nicht nur die „üblichen Verdächtigen“ von Goethe bis Schiller, sondern auch Kleinode der vergangenen Jahrhunderte, die – zu Unrecht – drohen, in Vergessenheit zu geraten. Wir kultivieren und kuratieren damit einen der wertvollsten Bereiche der abendländischen Kultur. Kleine Auswahl:

Francis Bacon • Neues Organon • **Balzac** • Glanz und Elend der Kurtisanen • **Joachim H. Campe** • Robinson der Jüngere • **Dante Alighieri** • Die Göttliche Komödie • **Daniel Defoe** • Robinson Crusoe • **Charles Dickens** • Oliver Twist • **Denis Diderot** • Jacques der Fatalist • **Fjodor Dostojewski** • Schuld und Sühne • **Arthur Conan Doyle** • Der Hund von Baskerville • **Marie von Ebner-Eschenbach** • Das Gemeindekind • **Elisabeth von Österreich** • Das Poetische Tagebuch • **Friedrich Engels** • Die Lage der arbeitenden Klasse • **Ludwig Feuerbach** • Das Wesen des Christentums • **Johann G. Fichte** • Reden an die deutsche Nation • **Fitzgerald** • Zärtlich ist die Nacht • **Flaubert** • Madame Bovary • **Gorch Fock** • Seefahrt ist not! • **Theodor Fontane** • Effi Briest • **Robert Musil** • Über die Dummheit • **Edgar Wallace** • Der Frosch mit der Maske • **Jakob Wassermann** • Der Fall Maurizius • **Oscar Wilde** • Das Bildnis des Dorian Grey • **Émile Zola** • Germinal • **Stefan Zweig** • Schachnovelle • **Hugo von Hofmannsthal** • Der Tor und der Tod • **Anton Tschechow** • Ein Heiratsantrag • **Arthur Schnitzler** • Reigen • **Friedrich Schiller** • Kabale und Liebe • **Nicolo Machiavelli** • Der Fürst • **Gotthold E. Lessing** • Nathan der Weise • **Augustinus** • Die Bekenntnisse des heiligen Augustinus • **Marcus Aurelius** • Selbstbetrachtungen • **Charles Baudelaire** • Die Blumen des Bösen • **Harriett Stowe** • Onkel Toms Hütte • **Walter Benjamin** • Deutsche Menschen • **Hugo Bettauer** • Die Stadt ohne Juden • **Lewis Caroll** • *und viele mehr….*

Ernst Theodor Amadeus Hoffmann

Das fremde Kind

Inhalt

Der Herr von Brakel auf Brakelheim

Es war einmal ein Edelmann, der hieß Herr Thaddäus von Brakel und wohnte in dem kleinen Dörfchen Brakelheim, das er von seinem verstorbenen Vater dem alten Herrn von Brakel geerbt hatte, und das mithin sein Eigentum war. Die vier Bauern, die außer ihm noch in dem Dörfchen wohnten, nannten ihn den gnädigen Herrn, unerachtet er wie sie, mit schlicht ausgekämmten Haaren einherging und nur sonntags, wenn er mit seiner Frau und seinen beiden Kindern Felix und Christlieb geheißen, nach dem benachbarten großen Dorfe zur Kirche fuhr, statt der groben Tuchjacke, die er sonst trug, ein feines grünes Kleid und eine rote Weste mit goldenen Tressen anlegte, welches ihm recht gut stand. Eben dieselben Bauern pflegten auch, fragte man sie: "Wo komme ich denn hin zum Herrn von Brakel?" jedesmal zu antworten: "Nur immer vorwärts durch das Dorf den Hügel herauf wo die Birken stehen, da ist des gnädigen Herrn sein Schloß!" Nun weiß doch aber jedermann, daß ein Schloß ein großes hohes Gebäude sein muß mit vielen Fenstern und Türen, ja wohl gar mit Türmen und funkelnden Windfahnen, von dem allen war aber auf dem Hügel mit den Birken gar nichts zu spüren, vielmehr stand da nur ein niedriges Häuschen mit wenigen kleinen Fenstern, das man kaum früher als dicht davor angekommen, erblicken konnte. Geschieht es aber wohl, daß man vor dem hohen Tor eines Schlosses plötzlich still steht und, angehaucht von der herausströmenden eiskalten Luft, angestarrt von den toten Augen der seltsamen Steinbilder die wie grauliche Wächter sich an die Mauer lehnen, alle Lust verliert hineinzugehen, sondern lieber umkehrt, so war das bei dem kleinen Hause des Herrn Thaddäus von Brakel ganz und gar nicht der Fall. Hatten nämlich schon im Wäldchen die schönen schlanken Birken mit ihren belaubten Ästen, wie mit zum Gruß ausgestreckten Armen und freundlich zugewinkt, hatten sie im frohen Rauschen und Säuseln uns zugewispert: "Willkommen, willkommen unter uns!" so war es denn nun vollends bei dem Hause, als riefen holde Stimmen aus den spiegelhellen Fenstern, ja überall aus dem dunklen dicken Weinlaube, das die Mauern bis zum Dach herauf bekleidete, süßtönend heraus: "Komm doch nur herein, komm doch nur herein, du lieber müder Wanderer, hier ist es gar hübsch und gastlich!" Das bestätigten denn auch die Nest hinein Nest hinaus lustig zwitschernden Schwalben und der alte Storch schaute ernst und klug vom Rauchfange herab und sprach: "Ich wohne nun schon manches liebe Jahr hindurch zur Sommerszeit hier, aber ein besseres Logement finde ich nicht auf Erden, und könnte ich nur die mir angeborne Reiselust bezwingen, wär's nur nicht zur Winterszeit hier so kalt und das Holz so teuer, niemals rührt ich mich von der Stelle." – So anmutig und hübsch, wenn auch gleich gar kein Schloß, war das Haus der Herrn von Brakel.

Der vornehme Besuch

Die Frau von Brakel stand eines Morgens sehr früh auf und buk einen Kuchen, zu dem Sie viel mehr Mandeln und Rosinen verbrauchte als selbst zum Osterkuchen, weshalb er auch viel herrlicher geriet als dieser. Währenddessen klopfte und bürstete der Herr von Brakel seinen grünen Rock und seine rote Weste aus und Felix und Christlieb wurden mit den besten Kleidern angetan, die sie nur besaßen. "Ihr dürft", so sprach dann der Herr von Brakel zu den Kindern, "ihr dürft heute nicht herauslaufen in den Wald wie sonst, sondern müßt in der Stube ruhig sitzen bleiben, damit ihr sauber und hübsch ausseht, wenn der gnädige Herr Onkel kommt!" – Die Sonne war hell und freundlich aufgetaucht aus dem Nebel und strahlte golden hinein in die Fenster, im Wäldchen sauste der Morgenwind und Fink und Zeisig und Nachtigall jubilierten durcheinander und schmetterten die lustigsten Liedchen. Christlieb saß still und in sich gekehrt am Tische: bald zupfte sie die roten Bandschleifen an ihrem Kleidchen zurecht, bald versuchte sie emsig fortzustricken, welches heute nicht recht gehen wollte. Felix, dem der Papa ein schönes Bilderbuch in die Hände gegeben, schaute über die Bilder hinweg nach dem schönen Birkenwäldchen in dem er sonst jeden Morgen ein paar Stunden nach Herzenslust herumspringen durfte. "Ach draußen ist's so schön", seufzte er in sich hinein, doch als nun vollends der große Hofhund, Sultan geheißen, klaffend und knurrend vor dem Fenster herumsprang, eine Strecke nach dem Walde hinlief, wieder umkehrte und aufs neue knurrte und bellte als wolle er dem kleinen Felix zurufen: "Kommst du denn nicht heraus in den Wald? was machst du denn in der dumpfigen Stube?" da konnte sich Felix nicht lassen vor Ungeduld. "Ach liebe Mama laß mich doch nur ein paar Schritte hinausgehen!" so rief er laut, aber die Frau von Brakel erwiderte: "Nein nein, bleibe nur fein in der Stube. Ich weiß schon wie es geht, sowie du hinausläufst muß Christlieb hinterdrein und dann husch husch durch Busch und Dorn, hinauf auf die Bäume! Und dann kommt ihr zurück erhitzt und beschmutzt und der Onkel sagt: Was sind das für häßliche Bauernkinder, so dürfen keine Brakels aussehen, weder große noch kleine." Felix klappte voll Ungeduld das Bilderbuch zu, und sprach, indem ihm die Tränen in die Augen traten, kleinlaut: "Wenn der gnädige Herr Onkel von häßlichen Bauernkinder redet, so hat er wohl nicht Vollrads Peter oder Hentschels Annlies oder alle unsere Kinder hier im Dorfe gesehen, denn ich wüßte doch nicht, wie es hübschere Kinder geben sollte als diese." – "Jawohl", rief Christlieb, wie plötzlich aus einem Traume erwacht, "und ist nicht auch des Schulzen Grete ein hübsches Kind, wiewohl sie lange nicht solche schöne rote Bandschleifen hat als ich?" "Sprecht nicht solch dummes Zeug", rief die Mutter halb erzürnt, "ihr versteht das nicht wie es der gnädige Onkel meint." – Alle weitere Vorstellungen, wie es gerade heut so herrlich im Wäldchen sei, halfen nichts, Felix und Christlieb mußten in der Stube bleiben, und das war um so peinlicher, als der Gastkuchen, der auf dem Tische stand, die süßesten Gerüche verbreitete und doch nicht früher angeschnitten werden durfte bis der Onkel angekommen. "Ach wenn er doch nur käme, wenn er doch nur endlich käme!" so riefen beide Kinder und weinten beinahe vor Ungeduld. Endlich ließ sich ein starkes Pferdegetrappel vernehmen, und eine Kutsche fuhr vor, die so blank und mit goldenen Zieraten reich geschmückt war, daß die Kinder in das größte Erstaunen gerieten, denn sie hatten dergleichen noch gar nicht gesehen. Ein großer hagerer Mann glitt an den Armen des Jägers, der den Kutschenschlag geöffnet, heraus in die Arme des Herrn von Brakel, an dessen Wange er zweimal sanft die seinige legte und leise lispelte: " *Bon jour* mein lieber Vetter, nur gar keine Umstände, bitte ich." Unterdessen hatte der Jäger noch eine kleine dicke Dame mit sehr roten Backen und zwei Kinder, einen Knaben und ein Mädchen aus der Kutsche zur Erde hinabgleiten lassen, welches er sehr geschickt zu machen wußte, so daß jeder auf die Füße zu stehen kam. Als sie nun alle standen, traten, wie es ihnen von Vater und Mutter eingeschärft worden, Felix und Christlieb hinzu, faßten jeder eine Hand des langen hagern Mannes und sprachen dieselbe küssend: "Sein Sie uns recht schön willkommen, lieber gnädiger Herr Onkel!" dann machten sie es mit den Händen der kleinen dicken Dame ebenso und sprachen: "Sein Sie uns recht schön willkommen, liebe gnädige Frau Tante!" dann traten sie zu den Kindern, blieben aber ganz verblüfft stehen, denn solche Kinder hatten sie noch niemals gesehen. Der Knabe trug lange Pumphosen und ein Jäckchen von scharlachrotem Tuch über und über mit goldenen Schnüren und Tressen besetzt und einen kleinen blanken Säbel an der Seite, auf dem Kopf aber eine seltsame rote Mütze mit einer weißen Feder unter der er mit seinem blaßgelben Gesichtchen und den trüben schläfrigen Augen blöd und scheu hervorguckte. Das Mädchen hatte zwar ein weißes Kleidchen an wie Christlieb, aber mit erschrecklich viel Bändern und Spitzen, auch waren ihre Haare ganz seltsam in Zöpfe geflochten und spitz in die Höhe heraufgewunden, oben funkelte aber ein blaues Krönchen. Christlieb faßte sich ein Herz und wollte die Kleine bei der Hand nehmen, die zog aber die Hand schnell zurück und zog so ein verdrüßliches weinerliches Gesicht, daß Christlieb ordentlich davor erschrak und von ihr abließ. Felix wollte auch nur des Knaben schönen Säbel ein bißchen näher besehen und faßte darnach, aber der Junge fing an zu schreien: "Mein Säbel, mein Säbel, er will mir den Säbel nehmen", und lief zum hagern Mann, hinter den er sich versteckte. Felix wurde darüber rot im Gesicht und sprach ganz erzürnt: "Ich will dir ja deinen Säbel nicht nehmen – dummer Junge!" Die letzten Worte murmelte er nur so zwischen den Zähnen, aber der Herr von Brakel hatte wohl alles gehört und schien sehr verlegen darüber zu sein, denn er knöpfelte an der Weste hin und her und rief: "Ei Felix" Die dicke Dame sprach: "Adelgundchen, Herrmann, die Kinder tun euch ja nichts, seid doch nicht so blöde"; der hagere Herr lispelte aber: "Sie werden schon Bekanntschaft machen", ergriff die Frau von Brakel bei der Hand und führte sie ins Haus, ihr folgte der Herr von Brakel mit der dicken Dame an deren Schleppkleid sich Adelgundchen und Herrmann hingen. Christlieb und Felix gingen hinterdrein. "Jetzt wird der Kuchen angeschnitten", flüsterte Felix der Schwester ins Ohr. "Ach ja, ach ja", erwiderte die voll Freude; "und dann laufen wir auf und davon in den Wald", fuhr Felix fort, "und bekümmern uns um die fremden blöden Dinger nicht", setzte Christlieb hinzu. Felix machte einen Luftsprung, so kamen sie in die Stube. Adelgunde und Herrmann durften keinen Kuchen essen, weil sie, wie die Eltern sagten, das nicht vertragen könnten, sie erhielten dafür jeder einen kleinen Zwieback, den der Jäger aus einer mitgebrachten Schachtel herausnehmen mußte. Felix und Christlieb bissen tapfer in das derbe Stück Kuchen, das die gute Mutter jedem gereicht und waren guter Dinge.

Wie es weiter bei dem vornehmen Besuche herging

Der hagere Mann, Cyprianus von Brakel geheißen, war zwar der leibliche Vetter des Herrn Thaddäus von Brakel, indessen weit vornehmer als dieser. Denn außerdem daß er den Grafentitel führte trug er auch auf jedem Rock, ja sogar auf dem Pudermantel, einen großen silbernen Stern. Deshalb hatte, als er schon ein Jahr früher, jedoch ganz allein ohne die dicke

Dame, die seine Frau war und ohne die Kinder, bei dem Herrn Thaddäus von Brakel seinem Vetter auf eine Stunde einsprach, Felix ihn auch gefragt: "Hör mal gnädiger Herr Onkel, du bist wohl König geworden?" Felix hatte nämlich in seinem Bilderbuche einen abgemalten König, der einen dergleichen Stern auf der Brust trug, und so mußte er wohl glauben, daß der Onkel nun auch König geworden sei, weil er das Zeichen trug. Der Onkel hatte damals sehr über die Frage gelacht und geantwortet: "Nein mein Söhnchen, König bin ich nicht, aber des Königs treuster Diener und Minister, der über viele Leute regiert. Gehörtest du zu der Gräflich von Brakelschen Linie, so könntest du vielleicht auch künftig einen solchen Stern tragen wie ich, aber so bist du freilich nur ein simpler Von, aus dem nicht viel Rechtes werden wird." Felix hatte den Onkel gar nicht verstanden und Herr Thaddäus von Brakel meinte, das sei auch gar nicht vonnöten. – Jetzt erzählte der Onkel seiner dicken Frau, wie ihn Felix für den König gehalten, da rief sie: "O süße liebe rührende Unschuld!" Und nun mußten beide Felix und Christlieb hervor aus dem Winkel wo sie unter Kichern und Lachen den Kuchen verzehrt hatten. Die Mutter säuberte beiden sogleich den Mund von manchen Kuchenkrumen und Rosinenresten und übergab sie so dem gnädigen Onkel und der gnädigen Tante die sie unter lauten Ausrufungen: "O süße liebe Natur, o ländliche Unschuld!" küßten und ihnen große Tüten in die Hände drückten. Dem Herrn Thaddäus von Brakel und seiner Frau standen die Tränen in den Augen über die Güte der vornehmen Verwandten. Felix hatte indessen die Tüte geöffnet und Bonbons darin gefunden auf die er tapfer zubiß, welches ihm Christlieb sogleich nachmachte. "Söhnchen, mein Söhnchen", rief der gnädige Onkel, "so geht das nicht, du verdirbst dir ja die Zähne, du mußt fein so lange an dem Zuckerwerke lutschen, bis es im Munde zergeht." Da lachte aber Felix beinahe laut auf und sprach: "Ei lieber gnädiger Onkel, glaubst du denn, daß ich ein kleines Wickelkind bin und lutschen muß weil ich noch keine tüchtige Zähne habe zum Beißen?" Und damit steckte er ein neues Bonbon in den Mund und biß so gewaltig zu, daß knitterte und knatterte. "o liebliche Naivität", rief die dicke Dame, der Onkel stimmte ein, aber dem Herrn Thaddäus standen die Schweißtropfen auf der Stirne; er war über Felixens Unart ganz beschämt und die Mutter raunte ihm ins Ohr: "Knirsche nicht so mit den Zähnen unartiger Junge!" Das machte dem armen Felix, der nichts Übles zu tun glaubte, ganz bestürzt, er nahm das noch nicht ganz verzehrte Bonbon langsam aus dem Munde, legte es in die Tüte und reichte diese dem Onkel hin, indem er sprach: "Nimm nur deinen Zucker wieder mit, wenn ich ihn nicht essen soll!" Christlieb, gewohnt in allem Felixens Beispiel zu folgen, tat mit ihrer Tüte dasselbe. Das war dem Herrn Thaddäus zu arg, er brach los: "Ach mein geehrtester gnädiger Herr Vetter, halten Sie nur dem einfältigen Jungen die Tölpelei zugute, aber freilich auf dem Lande und in so beschränkten Verhältnissen – Ach wer nur solche gesittete Kinder erziehen könnte wie Sie!" – Der Graf Cyprianus lächelte selbstgefällig und vornehm indem er auf Herrmann und Adelgundchen hinblickte. Die hatten längst ihren Zwieback verzehrt und saßen nun stumm und still auf ihren Stühlen ohne eine Miene zu verziehen, ohne sich zu rühren und zu regen. Die dicke Dame lächelte ebenfalls, indem sie lispelte: "Ja lieber Herr Vetter, die Erziehung unserer lieben Kinder liegt uns mehr als alles am Herzen." Sie gab dem Grafen Cyprianus einen Wink, der sich alsbald an Herrmann und Adelgundchen wandte und allerlei Fragen an sie richtete, die sie mit der größten Schnelligkeit beantworteten: Da war von vielen Städten, Flüssen und Bergen die Rede, die viele tausend Meilen ins Land hinein liegen sollten und die seltsamsten Namen trugen. Ebenso wußten beide ganz genau zu beschreiben, wie die Tiere aussähen, die in wilden Gegenden der entferntesten Himmelsstriche wohnen sollten. Dann sprachen sie von fremden Gebüschen, Bäumen und Früchten, als ob sie sie selbst gesehn, ja wohl die Früchte selbst gekostet hätten. Herrmann beschrieb ganz genau wie es vor dreihundert Jahren in einer großen Schlacht zugegangen und wußte alle Generäle die dabei zugegen gewesen mit Namen zu nennen. Zuletzt sprach Adelgunde sogar von den Sternen und behauptete, am Himmel säßen allerlei seltsame Tiere und andere Figuren. Dem Felix wurde dabei ganz Angst und bange, er näherte sich der Frau von Brakel und fragte leise ins Ohr: "Ach Mama! liebe Mama! was ist denn das alles was die dort schwatzen und plappern?" – "Halt's Maul dummer Junge", raunte ihm die Mutter zu, "das sind die Wissenschaften." Felix verstummte. "Das ist erstaunlich, das ist unerhört! in dem zarten Alter!" so rief der Herr von Brakel ein Mal über das andere, die Frau von Brakel aber seufzte: "O mein Herr Jemine! o was sind das für Engel! o was soll denn aus unsern Kleinen werden, hier auf dem öden Lande." Als nun der Herr von

Brakel in die Klagen der Mutter mit einstimmte, tröstete beide der Graf Cyprianus, indem er versprach binnen einiger Zeit ihnen einen gelehrten Mann zuzuschicken, der ganz umsonst den Unterricht der Kinder übernehmen werde. Unterdessen war die schöne Kutsche wieder vorgefahren. Der Jäger trat mit zwei großen Schachteln hinein, die nahmen Adelgunde und Herrmann und überreichten sie der Christlieb und dem Felix. "Lieben Sie Spielsachen *mon cher*? hier habe ich Ihnen welche mitgebracht von der feinsten Sorte", so sprach Herrmann sich zierlich verbeugend. Felix hatte die Ohren hängen lassen, er ward traurig, selbst wußte er nicht warum. Er hielt die Schachtel gedankenlos in den Händen und murmelte: "Ich heiße nicht Mon schär sondern Felix und auch nicht *Sie* sondern *du*." – Der Christlieb war auch das Weinen näher als das Lachen unerachtet aus der Schachtel, die sie von Adelgunden erhalten, die süßesten Düfte strömten wie von allerlei schönen Näschereien. An der Türe sprang und bellte nach seiner Gewohnheit Sultan, Felixens getreuer Freund und Liebling, Herrmann entsetzte sich aber so sehr vor dem Hunde, daß er schnell in die Stube zurücklief und laut zu weinen anfing. "Er tut dir ja nichts", sprach Felix, "er tut dir ja nichts, warum heulst und schreist du so? es ist ja nur ein Hund, und du hast ja schon die schrecklichsten Tiere gesehen? Und wenn er auch auf dich zufahren wollte, du hast ja einen Säbel!" Felixens Zureden half gar nichts, Herrmann schrie immerfort, bis ihn der Jäger auf den Arm nehmen und in die Kutsche tragen mußte. Adelgunde plötzlich von dem Schmerz des Bruders ergriffen oder Gott weiß aus welcher andern Ursache, fing ebenfalls an heftig zu heulen, welches die arme Christlieb so anregte, daß sie auch zu schluchzen und zu weinen begann. Unter diesem Geschrei und Gejammer der drei Kinder fuhr der Graf Cyprianus von Brakel ab von Brakelheim, und so endete der vornehmen Besuch.

Die neuen Spielsachen

Sowie die Kutsche mit dem Grafen Cyprianus von Brakel und seiner Familie den Hügel herabgerollt war, warf der Herr Thaddäus schnell den grünen Rock und die rote Weste ab, und als er ebenso schnell die weite Tuchjacke angezogen und zwei- bis dreimal mit dem breiten Kamm die Haare durchfahren hatte, da holte er tief Atem, dehnte sich und rief: "Gott sei gedankt!" Auch die Kinder zogen schnell ihre Sonntagsröckchen aus und fühlten sich froh und leicht. "In den Wald, in den Wald!" rief Felix, indem er seine höchsten Luftsprünge versuchte. "Wollt ihr denn nicht erst sehen was euch Herrmann und Adelgunde mitgebracht haben?" So sprach die Mutter und Christlieb, die schon während des Ausziehens die Schachteln mit neugierigen Augen betrachtet hatte, meinte, daß das wohl erst geschehen könne, nachher sei es ja wohl noch Zeit genug in den Wald zu laufen. Felix war sehr schwer zu überreden. E sprach: "Was kann uns denn der alberne pumphosichte Junge mitsamt seiner bebänderten Schwester Großes mitgebracht haben? Was die Wissenschaften betrifft, i nun die plappert er gut genug weg, aber erst schwatzt er von Löw und Bär und weiß wie man die Elefanten fängt und dann fürchtet er sich vor meinem Sultan, hat einen Säbel an der Seite und heult und schreit und kriecht unter den Tisch. Das mag mir ein schöner Jäger sein!" "Ach lieber guter Felix, laß uns doch nur ein ganz kleines bißchen die Schachteln öffnen!" So bat Christlieb, und da ihr Felix alles nur mögliche zu Gefallen tat, so gab er das in den Wald Laufen vor der Hand auf und setze sich mit Christlieb geduldig an den Tisch auf dem die Schachteln standen. Sie wurden von der Mutter geöffnet, aber da – Nun, o meine vielgeliebten Leser! Euch allen ist es gewiß schon so gut geworden zur Zeit des fröhlichen Jahrmarkts oder doch gewiß zu Weihnachten von den Eltern oder anderen lieben Freunden mit allerlei schmucken Sachen reichlich beschenkt zu werden. Denkt euch, wie ihr vor Freude jauchztet, als blanke

Soldaten, Männchen mit Drehorgeln, schön geputzte Puppen, zierliche Gerätschaften, herrliche bunte Bilderbücher u.a.m. um euch lagen und standen! Solche große Freude wie ihr damals, hatten jetzt Felix und Christlieb, denn eine ganz reiche Bescherung der niedlichsten glänzendsten Sachen ging aus den Schachteln hervor, und dabei gab es noch allerlei Naschwerk, so daß die Kinder ein Mal über das die Hände zusammenschlugen und ausriefen: "Ei wie schön ist das!" Nur eine Tüte mit Bonbons legte Felix mit Verachtung beiseite, und als Christlieb bat den gläsernen Zucker doch wenigstens nicht zum Fenster herauszuwerfen, wie er es eben tun wollte, ließ er zwar davon ab, öffnete aber die Tüte und warf einige Bonbons dem Sultan hin, der indessen hineingeschwänzelt war. Sultan roch daran und wandte dann unmutig die Schnauze weg. "Siehst du wohl, nicht einmal Sultan mag das garstige Zeug fressen." Übrigens machte dem Felix von den Spielsachen nichts mehr Freude als ein stattlicher

Jägersmann, der, wenn man ein kleines Fädchen, das hinten unter seiner Jacke hervorragte, anzog, die Büchse anlegte und in das Ziel schoß, das drei Spannen weit vor ihm angebracht war. Nächstdem schenkte er seine Liebe einem kleinen Männchen, das Komplimente zu machen verstand und auf einer Harfe quinkelierte wenn man an einer Schraube drehte; vor allen Dingen gefiel ihm aber eine Flinte und ein Hirschfänger, beides von Holz und übersilbert, sowie eine stattliche Husarenmütze und eine Patrontasche. Christlieb hatte große Freude an einer sehr schön geputzten Puppe und einem saubern vollständigen Hausrat. Die Kinder vergaßen Wald und Flur und ergötzten sich an den Spielsachen bis in den späten Abend hinein. Dann gingen sie zu Bette.

Was sich mit den neuen Spielsachen im Walde zutrug

Tages darauf fingen die Kinder es wieder da an, wo sie es abends vorher gelassen hatten: das heißt, sie holten die Schachteln herbei, kramten ihre Spielsachen aus ergötzten sich daran auf mancherlei Weise. Ebenso wie gestern schien die Sonne hell und freundlich in die Fenster hinein, wisperten und lispelten die vom sausenden Morgenwind begrüßten Birken, jubilierten Zeisig, Fink und Nachtigall in den schönsten lustigsten Liedlein. Da wurd es dem Felix bei seinem Jäger, seinem kleinen Männchen, seiner Flinte und Patrontasche ganz enge und wehmütig ums Herz. "Ach", rief er auf einmal, "ach draußen ist's doch schöner, komm Christlieb! laß uns in den Wald laufen!" Christlieb hatte eben die große Puppe ausgezogen und war im Begriff sie wieder anzukleiden, welches ihr viel Vergnügen machte, deshalb wollte die nicht heraus, sondern bat: "Lieber Felix, wollen wir denn nicht noch hier ein bißchen spielen?" – Weißt du was, Christlieb", sprach Felix, "wir nehmen das beste von unsern Spielsachen mit hinaus. Ich schnalle meinen Hirschfänger um, und hänge das Gewehr über die Schulter, da seh ich aus wie ein Jäger. Der kleine Jäger und das Harfenmännlein können mich begleiten, du Christlieb kannst deine große Puppe und das beste von deinen Gerätschaften mitnehmen. Komm nur, komm!" Christlieb zog hurtig die Puppe vollends an und nun liefen beide Kinder mit ihren Spielsachen hinaus in den Wald, wo sie sich auf einem schönen grünen Plätzchen lagerten. Sie hatten eine Weile gespielt und Felix ließ eben das Harfenmännlein sein Stückchen orgeln, als Christlieb anfing: "Weißt du wohl, lieber Felix, daß dein Harfenmann gar nicht hübsch spielt? Hör nur, wie das hier im Walde häßlich klingt, das ewige Ting-Ting-Ping-Ping, die Vögel kucken so neugierig aus den Büschen, ich glaube, sie halten sich ordentlich auf über den albernen Musikanten, der hier zu ihrem Gesange spielen will." Felix drehte stärker und stärker an der Schraube und rief endlich: "Du hast recht, Christlieb! es klingt abscheulich, was der kleine Kerl spielt, was können mir seine Dienerchen helfen – ich schäme mich ordentlich vor dem Finken dort drüben, der mich mit solch schlauen Augen anblinzelt. – Aber der Kerl soll besser spielen – soll besser spielen!" – Und damit drehte Felix so stark an der Schraube, daß Krack-krack – der ganze Kasten in tausend Stücke zerbrach auf dem das Harfenmännlein stand und seine Arme zerbröckelt herabfielen. "Oh – oh!" rief Felix; "ach das Harfenmännlein!" rief Christlieb. Felix beschaute einen Augenblick das zerbrochene Spielwerk, sprach dann: "Es war ein dummer alberner Kerl, der schlechtes Zeug aufspielte und Gesichter und Diener machte, wie Vetter Pumphose", und warf den Harfenmann weit fort in das tiefste Gebüsch. "Da lob ich mir meinen Jägersmann", sprach er weiter, "der schießt ein Mal über das andere ins Ziel." Nun ließ Felix den kleinen Jäger tüchtig exerzieren. Als das eine Weile gedauert, fing Felix an: "Dumm ist's doch, daß der kleine Kerl immer nur nach dem Ziele schießt, welches, wie Papa sagt, gar keine Sache für einen Jägersmann ist. Der muß im Walde schießen nach

Hirschen – Rehen – Hasen – und sie treffen im vollen Lauf. – Der Kerl *soll* nicht mehr nach dem Ziele schießen." Damit brach Felix die Zielscheibe los, die vor dem Jäger angebracht war. "Nun schieß ins Freie", rief er, aber er mochte an dem Fädchen ziehn, soviel als er wollte, schlaff hingen die Arme des kleinen Jägers herab. Er legte nicht mehr die Büchse an, er schoß nicht mehr los. "Ha ha", rief Felix, "nach dem Ziel, in der Stube, da konntest du schießen, aber im Walde, wo des Jägers heimat ist, da geht's nicht. Fürchtest du dich auch wohl vor Hunden und würdest, wenn einer käme, davonlaufen mitsamt deiner Büchse, wie Vetter Pumphose mit seinem Säbel! – Ei du einfältiger nichtsnutziger Bursche", damit schleuderte Felix den Jäger dem Harfenmännlein nach ins tiefe Gebüsch. "Komm! Laß uns ein wenig laufen", sprach er dann zu Christlieb. "Ach ja lieber Felix", erwiderte diese, "meine hübsche Puppe soll mitlaufen, daß wird ein Spaß sein." Nun faßte jeder, Felix und Christlieb, die Puppe an einem

Arm, und so ging's fort in vollem Lauf durchs Gebüsch den Hügel herab, und fort und fort bis an den mit hohem Schilf umkränzten Teich, der noch zu dem Besitztum des Herrn Thaddäus von Brakel gehörte und wo er zuweilen wilde Enten zu schießen pflegte. Hier standen die Kinder still und Felix sprach: "Laß uns ein wenig passen, ich habe ja nun eine Flinte, wer weiß ob ich nicht im Röhricht eine Ente schießen kann, so gut wie der Vater." In dem Augenblick schrie aber Christlieb laut auf: "Ach meine Puppe, was ist aus meiner Puppe geworden!" Freilich sah das arme Ding ganz miserabel aus. Weder Christlieb noch Felix hatten im Laufen die Puppe beachtet und so war es gekommen, daß sie sich an dem Gestrüpp die Kleider ganz und gar zerrissen, ja beide Beinchen gebrochen hatte. Von dem hübschen Wachsgesichtchen war auch beinahe keine Spur, so zerfetzt und häßlich sah es aus. "Ach meine Puppe, meine schöne Puppe!" klagte Christlieb. "Da siehst du nun", sprach Felix, "was für dumme Dinger uns die fremden Kinder mitgebracht haben. Das ist ja eine ungeschickte einfältige Trine, deine Puppe, die nicht einmal mit uns laufen kann, ohne sich gleich alles zu zerreißen und zu zerfetzen – gib sie nur her." Christlieb reichte die verunstaltete Puppe traurig dem Bruder hin und konnte sich eines lauten Schreies: "Ach Ach!" nicht enthalten, als er sie ohne weiteres fortschleuderte in den Teich. "Gräme dich nur nicht", tröstete Felix die Schwester, "gräme dich nur ja nicht um das alberne Ding, schieße ich eine Ente, so sollst du die schönsten Federn bekommen, die sich nur in den bunten Flügeln finden wollen." Es rauschte im Röhricht, da legte stracks Felix seine hölzerne Flinte an, setzte sie aber in demselben Augenblick wieder ab, und schaute nachdenklich vor sich hin. "Bin ich nicht auch *selbst* ein törichter Junge", fing er dann leise an, "gehört denn nicht zum Schießen Pulver und Blei und habe ich denn beides? – Kann ich denn wohl auch Pulver in eine hölzerne Flinte laden? – Wozu ist überhaupt das dumme hölzerne Ding? – Und der

Hirschfänger? – Auch von Holz! – der schneidet und sticht nicht – des Vetters Säbel war gewiß auch von Holz, deshalb mochte er ihn nicht ausziehn als er sich vor dem Sultan fürchtete. Ich merke schon, Vetter Pumphose hat mich nur zum besten gehabt mit seinen Spielsachen die was vorstellen wollen und nichtsnützziges Zeug sind." Damit schleuderte Felix Flinte, Hirschfänger und zuletzt noch die Patrontasche in den Teich. Christlieb war doch betrübt über den Verlust der Puppe, und auch Felix konnte sich des Unmuts nicht erwehren. So schlichen sie nach Hause, und als die Mutter frug: "Kinder wo habt ihr eure Spielsachen", erzählte Felix ganz treuherzig, wie schlimm er mit dem Jäger, mit dem Harfenmännlein, mit Flinte, Hirschfänger und Patrontasche, wie schlimm Christlieb mit der Puppe angeführt worden. "Ach", rief die Frau von Brakel halb erzürnt, "ihr einfältigen Kinder, ihr wißt nur nicht mit den schönen zierlichen Sachen umzugehen." Der Herr Thaddäus von Brakel, der Felixens Erzählung mit sichtbarem Wohlgefallen angehört hatte, sprach aber: "Lasse die Kinder nur gewähren, im Grunde genommen ist's mir recht lieb, daß sie die fremdartigen Spielsachen die sie nur verwirrten und beängsteten, los sind." Weder die Frau von Brakel noch die Kinder wußten, was der Herr von Brakel mit diesen Worten eigentlich sagen wollte.

Das fremde Kind

Felix und Christlieb waren in aller Frühe nach dem Walde gelaufen. Die Mutter hatte es ihnen eingeschärft ja recht bald wiederzukommen, weil sie nun viel mehr in der Stube sitzen, und viel mehr schreiben und lesen müßten als sonst, damit sie sich nicht gar zu sehr schämen brauchten vor dem Hofmeister der nun nächstens kommen werde, deshalb sprach Felix: "Laß uns nun das Stündchen über, das wir draußen bleiben dürfen, recht tüchtig springen und laufen!" Sie begannen auch gleich sich als Hund und Häschen herumzujagen, aber so wie dieses Spiel, erregten auch alle übrigen Spiele die sie anfingen nach wenigen Sekunden ihnen nur Überdruß und Langeweile. Sie wußten selbst gar nicht wie es denn nur kam, daß ihnen gerade heute tausend ärgerliches Zeug geschehen mußte. Bald flatterte Felixens Mütze vom Winde getrieben ins Gebüsch, bald strauchelte er und fiel auf die Nase im besten Rennen, bald blieb Christlieb mit den Kleidern hängen am Dornenstrauch oder stieß sich den Fuß am spitzen Stein, daß sie laut aufschreien mußte. Sie gaben bald alles Spielen auf, und schlichen mißmütig durch den Wald. "Wir wollen nur in die Stube kriechen", sprach Felix, warf sich aber, statt weiterzugehen, in den Schatten eines schönen Baums. Christlieb folgte seinem Beispiel. Da saßen die Kinder nun voller Unmut und starrten stumm in den Boden hinein. "Ach", seufzete Christlieb endlich leise, "ach hätten wir doch noch die schönen Spielsachen!" –

"Die würden ", murrte Felix, "die würden uns gar nichts nützen, wir müßten sie doch nur wieder zerbrechen und verderben. Höre Christlieb! – die Mutter hat doch wohl recht – die Spielsachen waren gut, aber wir wußten nur nicht damit umzugehen, und das kommt daher weil uns die Wissenschaften fehlen." – "Ach lieber Felix", rief Christlieb, "du hast recht, könnten wir die Wissenschaften so hübsch auswendig, wie der blanke Vetter und die geputzte Muhme, ach da hättest du noch deinen Jäger, dein Harfenmännlein, da läg meine schöne Puppe nicht im Ententeich! – wir ungeschickten Dinger – ach wir haben keine Wissenschaften!" Doch plötzlich hielten sie inne und fragten voll Erstaunen: "Siehst du's Christlieb?" – "Hörst du's Felix?" – Aus dem tiefsten Schatten des dunklen Gebüsches, das den Kindern gegenüberlag, blickte ein wundersamer Schein, der wie sanfter Mondesstrahl über die vor Wonne zitternden Blätter gaukelte und durch das Säuseln des Waldes ging ein süßes Getön, wie wenn der Wind über Harfen hinstreift und im Liebkosen die schlummernden Akkorde weckt. Den Kindern wurde ganz seltsam zumute, aller Gram war von ihnen gewichen, aber die Tränen standen ihnen in den Augen vor süßem nie gekanntem Weh. So wie lichter und lichter der Schein durch das Gebüsch strahlte, so wie lauter und lauter die wundervollen Töne erklangen, klopfte den Kindern höher das Herz, sie starrten hinein in den Glanz und ach! sie gewahrten daß es das von der Sonne hell erleuchtete holde Antlitz des lieblichsten Kindes war, welches ihnen aus dem Gebüsch zulächelte und zuwinkte. "O komm doch nur zu uns – komm doch nur zu uns, du liebes Kind!" so riefen beide, Christlieb und Felix, indem sie aufsprangen und voll unbeschreiblicher Sehnsucht die Hände nach der holden Gestalt ausstreckten. "Ich komme – ich komme", rief es mit süßer Stimme aus dem Gebüsch und leicht wie vom säuselnden Morgenwinde getragen schwebte das fremde Kind herüber zu Felix und Christlieb.

Wie das fremde Kind mit Felix und Christlieb spielte

"Ich hab euch wohl aus der Ferne weinen und klagen gehört", sprach das fremde Kind, "und da hat es mir recht leid um euch getan, was fehlt euch denn liebe Kinder?" – "Ach wir wußten es selbst nicht recht", erwiderte Felix, "aber nun ist es mir so, als wenn nur du uns gefehlt hättest." – "Das ist wahr", fiel Christlieb ein, "nun du bei uns bist, sind wir wieder froh! warum bist du aber auch so lange ausgeblieben?" – Beiden Kindern war es in der Tat so, als ob sie schon lange das fremde Kind gekannt und mit ihm gespielt hätten, und als ob ihr Unmut nur daher gerührt hätte, daß der liebe Spielkamerad sich nicht mehr blicken lassen. "Spielsachen", sprach Felix weiter, "haben wir nun freilich gar nicht, denn ich einfältiger Junge habe gestern die schönsten, die Vetter Pumphose mir geschenkt hatte, schändlich verdorben und weggeschmissen, aber spielen wollen wir doch wohl." – "Ei Felix", sprach das fremde Kind, indem es laut auflachte, "ei wie magst du nur so sprechen. Das Zeug das du weggeworfen hast, das hat gewiß nicht viel getaugt, du so wie Christlieb, ihr seid ja beide ganz umgeben von dem herrlichsten Spielzeuge, das man nur sehen kann." – "Wo denn? – Wo denn?" – riefen Christlieb und Felix – "Schaut doch um euch", sprach das fremde Kind. – Und Felix und Christlieb gewahrten, wie aus dem dicken Grase, aus dem wolligen Moose allerlei herrliche Blumen wie mit glänzenden Augen hervorguckten, und dazwischen funkelten bunte Steine und kristallne Muscheln, und goldene Käferchen tanzten auf und nieder, und summten leise Liedchen. – "Nun wollen wir einen Palast bauen, helft mir hübsch die Steine zusammentragen!" so rief das fremde Kind indem es zur Erde gebückt bunte Steine aufzulesen begann.

Christlieb und Felix halfen, und das fremde Kind wußte so geschickt die Steine zu fügen, daß sich bald hohe Säulen erhoben, die in der Sonne funkelten wie poliertes Metall, und darüber wölbte sich ein luftiges goldenes Dach. – Nun küßte das fremde Kind die Blumen die aus dem Boden hervorguckten, da rankten sie mit süßem Gelispel in die Höhe und sich in holder Liebe verschlingend bildeten sie duftende Bodengänge in denen die Kinder voll Wonne und Entzücken umhersprangen. Das fremde Kind klatschte in die Hände, da sumste das goldene Dach des Palastes – Goldkäferchen hatten es mit ihren Flügeldecken gewölbt – auseinander und die Säulen zerflossen zum rieselnden Silberbach, an dessen Ufer sich die bunten Blumen lagerten und bald neugierig in seine Wellen guckten, bald ihre Häupter hin und her wiegend auf sein kindisches Plaudern horchten. Nun pflückte das fremde Kind Grashalme, und brach kleine Ästchen von den Bäumen die es hinstreute vor Felix und Christlieb. Aber aus den Grashalmen wurden bald die schönsten Puppen, die man nur sehen konnte und aus den Ästchen kleine allerliebste Jäger. Die Puppen tanzten um Christlieb herum und ließen sich non ihr auf den Schoß nehmen und lispelten mit feinen Stimmchen: "Sei uns gut, sei uns gut, liebe Christlieb." Die Jäger tummelten sich und klirrten mit den Büchsen und bliesen auf ihren Hörnern und riefen: "Hallo! – Hallo! zur Jagd zur Jagd!" – Da sprangen die Häschen aus den Büschen und Hunde ihnen nach, und die Jäger knallten hinterdrein! – Das war eine Lust – Alles verlor sich wieder, Christlieb und Felix riefen: "Wo sind die Puppen, wo sind die Jäger." Das fremde Kind sprach: "Oh! die stehen euch alle zu Gebote, die sind jeden Augenblick bei euch wenn ihr nur wollt, aber möchtet ihr nicht lieber jetzt ein bißchen durch den Wald laufen?" – "Ach ja, ach ja!" riefen beide, Felix und Christlieb. Da faßte das fremde Kind sie bei den Händen und rief: "Kommt, kommt!" und damit ging es fort. Aber das war ja gar kein Laufen zu nennen! –

Nein! Die Kinder schwebten im leichten Fluge durch Wald und Flur und die bunten Vögel flatterten laut singend und jubilierend um sie her. Mit einemmal ging es hoch – hoch in die Lüfte. "Guten Morgen Kinder! Guten Morgen Gevatter Felix!" rief der Storch im Vorbeistreifen! "Tut mir nichts, tut mir nichts – ich freß euer Täublein nicht!" kreischte der Geier, sich in banger Scheu vor den Kindern durch die Lüfte schwingend – Felix jauchzte laut, aber der Christlieb wurde bange. "Mir vergeht der Atem – ach ich falle wohl!" so rief sie und in demselben Augenblick ließ sich das fremde Kind mit den Gespielen nieder, und sprach: "Nun singe ich euch das Waldlied zum Abschiede für heute, morgen komm ich wieder." Nun nahm das Kind ein kleines Waldhorn hervor, dessen goldne Windungen beinahe anzusehen waren, wie leuchtende Blumenkränze und begann darauf so herrlich zu blasen, daß der ganze Wald wundersam von den lieblichen Tönen widerhallte, und dazu sangen die Nachtigallen, die wie auf des Waldhorns

Ruf herbeiflatterten und sich dicht neben dem Kinde in die Zweige setzten, ihre herrlichsten Lieder. Aber plötzlich verhallten die Töne mehr und mehr und nur ein leises Säuseln quoll aus den Gebüschen, in die das fremde Kind hingeschwunden. "Morgen – morgen kehr ich wieder!" so rief es aus weiter Ferne den Kindern zu, die nicht wußten wie ihnen geschehen, denn solch innere Lust hatten sie nie empfunden. "Ach wenn es doch nur schon wieder *morgen* wäre", so sprachen beide, Felix und Christlieb, indem sie voller Hast nach Hause liefen um den Eltern zu erzählen, was sich im Walde begeben.

Was der Herr von Brakel und die Frau von Brakel zu dem fremde Kinde sagten, und was sich weiter mit demselben begab

"Beinahe möchte ich glauben, daß den Kindern das alles nur geträumt hat!" So sprach der Herr Thaddäus von Brakel zu seiner Gemahlin, als Felix und Christlieb ganz erfüllt von dem fremden Kinde nicht aufhören konnten, sein holdes Wesen, seinen anmutigen Gesang, seine wunderbaren Spiele zu preisen. "Denk ich aber wieder daran", fuhr Herr von Brakel fort, "daß beide doch nicht auf einmal und auf gleiche Weise geträumt haben könnten, so weiß ich am Ende selbst nicht, was ich von dem allen denken soll." – "Zerbrich dir den Kopf nicht, o mein Gemahl!" erwiderte die Frau von Brakel, "ich wette, das fremde Kind ist niemand anders als Schulmeisters Gottlieb aus dem benachbarten Dorfe. Der ist herübergelaufen und hat den Kindern allerlei tolles Zeug in den Kopf gesetzt, aber das soll er seiner Gemahlin, um indessen mehr hinter die eigentliche Bewandtnis der Sache zu kommen, wurden Felix und Christlieb herbeigerufen und aufgefordert genau anzugeben, wie das Kind ausgesehen habe und wie es gekleidet gewesen sei. Rücksichts des Aussehens stimmten beide überein, daß das Kind ein lilienweißes Gesicht, rosenrot

Wangen, kirschrote Lippen, blauglänzende Augen und goldgelocktes Haar habe, und so schön sei, wie sie es gar nicht aussprechen könnten; in Ansehung der Kleider wußten sie aber nur so viel, daß das Kind ganz gewiß nicht eine blaugestreifte Jacke, ebensolche Hosen oder eine schwarzlederne Mütze trage, wie Schulmeisters Gottlieb. Dagegen klang alles, was sie über den Anzug des Kindes ungefähr zu sagen vermochten, ganz fabelhaft und unklug. Christlieb behauptete nämlich, das Kind trage ein wunderschönes leichtes glänzendes Kleidchen von Rosenblättern; Felix meinte dagegen, das Kleid des Kindes funkle in hellem goldenen Grün wie Frühlingslaub im Sonnenschein. Daß das Kind, fuhr Felix weiter fort, irgend einem Schulmeister angehören könne, daran sei gar nicht zu denken, denn zu gut verstehe sich der Knabe auf die Jägerei, stamme gewiß aus der Heimat aller Wald- und Jagdlust und werde der tüchtigste Jägersmann werden, den es wohl gebe. "Ei Felix", unterbrach ihn

Christlieb, "wie kannst du nur sagen, daß das kleine Mädchen ein Jägersmann werden soll. Auf das Jagen mag sie sich auch wohl verstehen, aber gewiß noch viel besser auf die Wirtschaft im Hause, sonst hätte sie mir nicht so hübsch die Puppen angekleidet und so schöne Schüsseln bereitet!" So hielt Felix das Kind für einen Knaben, Christlieb behauptete dagegen es sei ein Mädchen und beide konnten darüber nicht einig werden. – Die Frau von Brakel sagte: "Es lohnt gar nicht, daß man sich mit den Kindern auf solche Narrheiten einläßt", der Herr von Brakel meinte dagegen: "Ich dürfte ja nur den Kindern nachgehen in den Wald und erlauschen, was denn das für ein seltsames Wunderkind ist, das mit ihnen spielt, aber es ist mir so, als könnte ich dadurch den Kindern eine große Freude verderben und deshalb will ich es nicht tun." Andern Tages, als Felix und Christlieb zu gewöhnlicher Zeit in den Wald liefen, wartete das fremde Kind schon auf sie, und wußte es gestern herrliche Spiele zu beginnen, so schuf es vollends heute die anmutigsten Wunder, so daß Felix und Christlieb ein Mal über das andere vor Freude und Entzücken laut aufjauchzten. Lustig und sehr hübsch zugleich war es, daß das fremde Kind während des Spielens so zierlich und gescheut mit den Bäumen, Gebüschen, Blumen, mit dem Waldbach zu sprechen wußte. Alle antworteten auch so vernehmlich, daß Felix und Christlieb alles verstanden. Das fremde Kind rief ins Erlengebüsch hinein: "Ihr schwatzhaftes Volk, was flüstert und wispert ihr wieder untereinander?" Da schüttelten stärker sich die Zweige und lachten und lispelten: "Ha – ha ha – wir freuen uns über die artigen Dinge, die uns Freund Morgenwind heute zugeraunt hat, als er von den blauen Bergen vor den Sonnenstrahlen daherrauschte. Er brachte uns tausend Grüße und Küsse von der goldnen Königin und einige tüchtige Flügelschläge voll der süßesten Düfte." – "O schweigt doch", so unterbrachen die Blumen das Geschwätz der Büsche, "O schweigt doch von dem Flatterhaften der mit den Düften prahlt, die seine falschen Liebkosungen uns entlocken. Laßt die Gebüsche lispeln und säuseln, ihr Kinder, aber schaut uns an, horcht auf uns, wir lieben euch gar zu sehr und putzen uns heraus, mit den schönsten glänzendsten Farben Tag für Tag nur damit wir euch recht gefallen." – "Und lieben wir euch denn nicht auch, ihr holden Blumen?" So sprach das fremde Kind, aber Christlieb kniete zur Erde nieder und streckte beide Arme weit aus, als wollte sie all die herrlichen Blumen, die um sie her sproßten, umarmen, indem sie rief: "Ach ich lieb euch ja allzumal!" – Felix sprach: "Auch mir gefallt ihr wohl in euren glänzenden Kleidern, ihr Blumen, aber doch halt ich es mit dem Grün, mit den Büschen, mit den Bäumen, mit dem Walde, er muß euch doch schützen und schirmen, ihr kleinen bunten Kindlein!" Da sauste es in den hohen schwarzen Tannen: "Das ist ein wahres Wort, du tüchtiger Junge, und du mußt dich nicht vor uns fürchten, wenn der Gevatter Sturm dahergezogen kommt und wir ein bißchen ungestüm mit dem groben Kerl zanken." – "Ei", rief Felix, "knarrt und stöhnt und sauset nur recht wacker, ihr grünen Riesen, dann geht ja dem tüchtigen Jägersmann erst das Herz recht auf." – "Da hast du ganz recht", so rauschte und plätscherte der Waldbach, "da hast du ganz recht, aber wozu immer jagen, immer rennen im Sturm und im wilden Gebraus! – Kommt! setzt euch fein ins Moos und hört mir zu. Von fernen fernen Landen aus tiefem Schacht komm ich her – ich will euch schöne Märchen erzählen und immer was Neues, Well auf Welle und immerfort und fort. Und die schönsten Bilder zeig ich euch, schaut mir nur recht ins blanke Spiegelantlitz – duftiges Himmelsblau – goldenes Gewölk – Busch und Blum und Wald – euch selbst, ihr holden Kinder zieh ich liebend hinein tief in meinen Busen!" – "Felix, Christlieb", so sprach das fremde Kind, indem es mit wundersamer Holdseligkeit um sich blickte, "Felix, Christlieb, o hört doch nur, wie alles uns liebt. Aber schon steigt das Abendrot auf hinter den Bergen und die Nachtigall ruft mich nach Hause." – "O laß uns noch ein bißchen fliegen", bat Felix. "Aber nur nicht so sehr hoch, da schwindelt's mir gar zu sehr", sprach Christlieb. Da faßte wie gestern das fremde Kind beide, Felix und Christlieb, bei den Händen und nun schwebten sie auf im goldenen Purpur des Abendrots und das lustige Volk der bunten Vögel schwärmte und lärmte um sie her – das war ein Jauchzen und Jubeln! – In den glänzenden Wolken, wie in wogenden Flammen erblickte Felix die herrlichsten Schlösser von lauter Rubinen und andern funkelnden Edelsteinen: "Schau o schau doch Christlieb", rief er voll Entzücken, "das sind prächtige Häuser, nur tapfer laß uns fliegen, wir kommen gewiß hin." Christlieb gewahrte auch die Schlösser und vergaß alle Furcht, indem sie nicht mehr hinab, sondern unverwandt in die Ferne blickte. "Das sind meine lieben Luftschlösser", sprach das fremde Kind, "aber hin wir kommen heute wohl nicht mehr!" – Felix und Christlieb waren wie im Träume und wußten selbst nicht wie es geschah, daß sie unversehens sich zu Hause bei Vater und Mutter befanden.

Von der Heimat des fremden Kindes

Das fremde Kind hatte auf dem anmutigsten Platz im Walde zwischen säuselndem Gebüsch, dem Bach unfern, ein überaus herrliches Gezelt von hohen schlanken Lilien, glühenden Rosen und bunten Tulipanen erbaut. Unter diesem Gezelt saßen mit dem fremden Kinde Felix und Christlieb und horchten darauf, was der Waldbach allerlei seltsames Zeug durcheinander plauderte. "Recht verstehe ich doch nicht", fing Felix an, "was der dort unten erzählt und es ist mir so, als wenn du selbst, mein lieber lieber Junge alles, was er nur so unverständlich murmelt, recht hübsch mir sagen könntest. Überhaupt möcht ich dich doch wohl fragen, wo du denn herkommst und wo du immer so schnell hinverschwindest, daß wir selbst niemals wissen wie das geschieht?" – "Weißt du wohl, liebes Mädchen", fiel Christlieb ein, "daß Mutter glaubt, du seist Schulmeisters Gottlieb?" – "Schweig doch nur dummes Ding", rief Felix, "Mutter hat den lieben Knaben niemals gesehen, sonst würde sie gar nicht von Schulmeisters Gottlieb gesprochen haben. – Aber nun sage mir geschwind, du lieber Junge, wo du wohnst, damit wir zu dir ins Haus kommen können, zur Winterszeit, wenn es stürmt und schneit und im Walde nicht Steg nicht Weg zu finden ist." – "Ach ja!" sprach Christlieb, "nun mußt du uns fein sagen, wo du zu Hause bist, wer deine Eltern sind und hauptsächlich wie du denn eigentlich heißest." Das fremde Kind sah sehr ernst, beinahe traurig vor sich hin und seufzte recht aus tiefer Brust. Dann, nachdem es einige Augenblicke geschwiegen, fing es an: "Ach lieben Kinder, warum fragt ihr nach meiner Heimat? Ist es denn nicht genug, daß ich tagtäglich zu euch komme und mit euch spiele? – Ich könnte euch sagen, daß ich dort hinter den blauen Bergen, die wie krauses, zackiges Nebelgewölk anzusehen sind, zu Hause bin, aber wenn ihr tagelang und immer fort und fort laufen wolltet, bis ihr auf den Bergen stündet, so würdet ihr wieder ebenso fern ein neues Gebirge schauen, hinter dem ihr meine Heimat suchen müßtet, und wenn ihr auch dieses Gebirge erreicht hättet, würdet ihr wiederum ein neues erblicken, und so würde es euch immer fort und fort gehen und ihr würdet niemals meine Heimat erreichen." – "Ach", rief Christlieb weinerlich aus, "ach so wohnst du wohl viele hundert Meilen von uns und bist nur zum Besuch in unserer Gegend?" – "Sieh nur, Christlieb!" fuhr das fremde Kind fort, "wenn du dich recht herzlich nach mir sehnst, so bin ich gleich bei dir und bringe dir alle Spiele, alle Wunder aus meiner Heimat mit, und ist denn das nicht ebenso gut als ob wir in meiner Heimat selbst zusammensäßen und miteinander spielten?" – "Das nun wohl eben nicht", sprach Felix, "denn ich glaube, daß deine Heimat ein gar herrlicher Ort sein muß, ganz voll von den herrlichen Dingen, die du uns mitbringst. Du magst mir nun die Reise dahin so schwierig vorstellen wie du willst, sowie ich es nur vermag, mache ich mich doch auf den Weg. So durch Wälder streifen und auf ganz wilden verwachsenen Pfaden, Gebirge erklettern, durch Bäche waten, über schroffes Gestein und dornicht Gestrüpp, das ist so recht Waidmanns Sache – ich werd's schon durchführen." – "Das wirst du auch", rief das fremde Kind, indem es freudig lachte, "und wenn du es dir so recht fest vornimmst, dann ist es so gut als hättest du es schon wirklich ausgeführt. Das Land, in dem ich wohne ist in der Tat so schön und herrlich, wie ich es gar nicht zu beschreiben vermag. Meine Mutter ist es, die als Königin über dieses Reich voller Glanz und Pracht herrscht." – "So bist du ja ein Prinz – So bist du ja eine Prinzessin" – riefen zu gleicher Zeit verwundert, ja beinahe erschrocken, Felix und Christlieb. "Allerdings", sprach das fremde Kind. "So wohnst du wohl in einem schönen Palast!" fragte Felix weiter. "Jawohl", erwiderte das fremde Kind, "noch viel schöner ist der Palast meiner Mutter als die glänzenden Schlösser, die du in den Wolken geschaut hast, denn seine schlanken Säulen aus purem Kristall erheben sich hoch – hoch hinein in das Himmelsblau, das auf ihnen ruht wie ein weites Gewölbe. Unter dem segelt glänzendes Gewölk mit goldnen Schwingen hin und her und das purpurne Morgen- und Abendrot steigt auf und nieder und in klingenden Kreisen tanzen die funkelnden Sterne. – Ihr habt, meine lieben Gespielen, ja wohl schon von Feen gehört, die wie es sonst kein Mensch vermag, die herrlichsten Wunder hervorrufen können, und ihr werdet es auch wohl schon gemerkt haben, daß meine Mutter nichts anders ist, als eine Fee. Ja! das ist sie wirklich und zwar die mächtigste, die es gibt. Alles, was auf der Erde webt und lebt, hält sie mit treuer Liebe umfangen, doch zu ihrem innigen Schmerz wollen viele Menschen gar nichts von ihr wissen. Vor allen liebt meine Mutter aber die Kinder und daher kommt es, daß die Feste, die sie in ihrem Reiche den Kindern bereitet, die schönsten und herrlichsten sind. Da geschieht es denn wohl, daß schmucke Geister aus dem Hofstaate meiner Mutter keck sich durch sie Wolken schwingen und von einem Ende des Palastes bis zum andern einen in den schönsten Farben schimmernden Regenbogen spannen. Unter dem bauen sie den Thron meiner Mutter aus lauter Diamanten, die aber so anzusehen sind und so herrlich duften wie Lilien, Nelken und Rosen. Sowie meine Mutter den Thron besteigt, rühren die Geister ihre goldnen Harfen, ihre kristallenen Zimbeln und dazu singen die Kammersänger meiner Mutter mit solch wunderbaren Stimmen, daß man vergehen möchte vor süßer Lust. Diese Sänger sind aber schöne Vögel, größer noch als Adler, mit ganz purpurnem Gefieder, wie ihr sie wohl noch nie gesehen habt. Aber sowie die Musik losgegangen, wird alles im Palast, im Walde, im Garten laut und lebendig. Viele tausend blank geputzte Kinder tummeln sich im Jauchzen und Jubeln umher. Bald jagen sie sich durchs Gebüsch und werfen sich neckend mit Blumen, bald klettern sie auf schlanke Bäumchen und lassen sich vom Winde hin und her schaukeln, bald pflücken sie sie goldglänzende Früchte, die so süß und herrlich schmecken wie sonst nichts auf der Erde, bald spielen sie mit zahmen Rehen – mit andern schmucken Tieren, die ihnen aus dem Gebüsch entgegenspringen; bald rennen sie keck den Regenbogen auf und nieder oder besteigen gar als kühne Reiter die schönen Goldfasanen, die sich mit ihnen durch die glänzenden Wolken schwingen." – "Ach das muß herrlich sein, ach nimm uns mit in deine Heimat, wir wollen immer dort bleiben!" So riefen Felix und Christlieb voll Entzücken, das fremde Kind sprach aber: "Mitnehmen nach meiner Heimat kann ich euch in der Tat nicht, es ist zu weit, ihr müßtet so gut und unermüdlich fliegen können wie ich selbst." Felix und Christlieb wurden ganz traurig und blickten schweigend zur Erde nieder.

Von dem bösen Minister am Hofe der Feenkönigin

"Überhaupt", fuhr das fremde Kind fort, "überhaupt möchtet ihr euch in meiner Heimat vielleicht gar nicht so gut befinden, als ihr es euch nach meiner Erzählung vorstellt. Ja der Aufenthalt könnte euch sogar verderblich sein. Manche Kinder vermögen nicht den Gesang der purpurroten Vögel, so herrlich er auch ist, zu ertragen, so daß er ihnen das Herz zerreißt, und sie augenblicklich sterben müssen. Andere, die gar zu keck auf den Regenbogen rennen, gleiten aus und stürzen herab, und manche sind sogar albern genug im besten Fliegen den Goldfasan, der sie trägt, weh zu tun. Das nimmt denn der sonst friedliche Vogel dem dummen Kinde übel und reißt ihm mit seinem scharfen Schnabel die Brust auf, so daß es blutend aus den Wolken herabfällt. Meine Mutter härmt sich gar sehr ab, wenn Kinder auf solche Weise, freilich durch ihre eigne Schuld, verunglücken. Gar zu gern wollte sie, daß alle Kinder auf der ganzen Welt die Lust ihres Reiches genießen möchten, aber wenn viele auch tüchtig fliegen können, so sind sie nachher doch entweder zu keck oder zu furchtsam und verursachen ihr nur Sorge und Angst. Eben deshalb erlaubt sie mir, daß ich hinausfliegen aus meiner Heimat und tüchtigen Kindern allerlei schöne Spielsachen daraus mitbringen darf, wie ich es denn auch mit euch gemacht habe." – "Ach", rief Christlieb, "ich könnte gewiß keinem schönen Vogel Leides tun, aber auf dem Regenbogen rennen möchte ich doch nicht." – "Das wäre", – fiel ihr Felix ins Wort – "das wäre nun gerade meine Sache und eben deshalb möchte ich zu deiner Mutter Königin. Kannst du nicht einmal den Regenbogen mitbringen?" – "Nein", erwiderte das fremde Kind, "das geht nicht an, und ich muß dir überhaupt sagen, daß ich mich nur ganz heimlich zu euch stehlen darf. Sonst war ich überall sicher als sei ich bei meiner Mutter, und es war überhaupt so, als sei überall ihr schönes Reich ausgebreitet, seit der Zeit aber, daß ein arger Feind meiner Mutter, den sie aus ihrem Reiche verbannt hat, wild umherschwärmt, bin ich vor arger Nachstellung nicht geschützt." – "Nun", rief Felix, indem er aufsprang und den Dornstock, den er sich geschnitzt, in der Luft schwenkte, "nun den wollt ich denn doch sehen, der dir hier Leides zufügen sollte. Fürs erste hätt er es mit mir zu tun und dann rief ich Papa zu Hülfe, der ließe den Kerl einfangen und in den Turm sperren." – "Ach", erwiderte das fremde Kind, "so wenig der arge Feind in meiner Heimat mir etwas antun kann, so gefährlich ist er mir außerhalb derselben, er ist gar mächtig und wider ihn hilft nicht Stock nicht Turm." – "Was ist denn das für ein garstig Ding, das dich so bange machen kann?" fragte Christlieb. "Ich habe euch gesagt", fing das fremde Kind an, "daß meine Mutter eine mächtige Königin ist, und ihr wißt, daß Königinnen sowie Könige einen Hofstaat und Minister um sich haben." – "Jawohl", sprach Felix, "der Onkel Graf ist selbst solch ein Minister, und trägt einen Stern auf der Brust. Deiner Mutter Minister tragen auch wohl recht funkelnde Sterne?" – "Nein", erwiderte das fremde Kind, "nein, das eben nicht, denn die mehrsten sind selbst ganz und gar funkelnde Sterne und andere tragen gar keine Röcke, worauf sich so etwas anbringen ließe. Daß ich's nur sage, alle Minister meiner Mutter sind mächtige Geister, die teils in der Luft schweben, teils in Feuerflammen, teils in den Gewässern wohnen, und überall das ausführen, was meine Mutter ihnen gebietet. Es fand sich vor langer Zeit ein fremder Geist bei uns ein, der nannte sich Pepasilio und behauptete, er sei ein großer Gelehrter, er wisse mehr und würde größere Dinge bewirken als alle übrigen. Meine Mutter nahm ihn in die Reihe ihrer Minister auf, aber bald entwickelte sich immer mehr seine innere Tücke. Außerdem daß er alles, was die übrigen Minister taten, zu vernichten strebte, so hatte er es vorzüglich darauf abgesehen, die frohen Feste der Kinder recht hämisch zu verderben. Er hatte der Königin vorgespiegelt, daß er die Kinder erst recht lustig und gescheut machen wollte, statt dessen hing er sich zentnerschwer an den Schweif der Fasanen, so daß sie sich nicht aufschwingen konnten, zog er die Kinder, wenn sie auf Rosenbüschen hinaufgeklettert, bei den Beinen herab, daß sie sich die Nasen blutig schlugen, zwang er die, welche lustig laufen und springen wollten, auf allen vieren mit zur Erde gebeugtem Haupte herumzukriechen. Den Sängern stopfte er allerlei schädliches Zeug in die Schnäbel, damit sie nur nicht singen sollten, denn Gesang konnte er nicht ausstehen und die armen zahmen Tierchen wollte er statt mit ihnen zu spielen auffressen, denn nur dazu, meinte er, wären sie da.

Das Abscheulichste war aber wohl, daß er mit Hülfe seiner Gesellen die schönen funkelnden Edelsteine des Palastes, die bunt schimmernden Blumen, die Rosen und Lilienbüsche, ja selbst den glänzenden Regenbogen mit einem ekelhaften schwarzen Saft zu überziehen wußte, so daß alle Pracht verschwunden und alles tot und traurig anzusehen war. Und wie er dies vollbracht, erhob er ein schallendes Gelächter und schrie, nun sei erst alles so wie es sein solle, denn er habe es beschrieben. Als er nun vollends erklärte, daß er meine Mutter nicht als Königin anerkenne, sondern daß ihm allein die Herrschaft gebühre, und sich in der Gestalt einer ungeheuren Fliege mit blitzenden Augen und vorgestrecktem scharfen Rüssel emporschwang in abscheulichem Summen und Brausen auf den Thron meiner Mutter, da erkannte sie sowie alle, daß der hämische Minister, der sich unter dem schönen Namen Pepasilio eingeschlichen, niemand anders war, als der finstere mürrische Gnomenkönig Pepser. Der Törichte hatte aber die Kraft sowie die Tapferkeit seiner Gesellen viel zu hoch in Anschlag gebracht. Die Minister des Luftdepartements umgaben die Königin und fächelten ihr süße Düfte zu, indem die Minister des Feuerdepartements in Flammenwogen auf und nieder rauschten und die Sänger, deren Schnäbel gereinigt, die volltönendsten Gesänge anstimmten, so, daß die Königin den häßlichen Pepser weder sah noch hörte noch seinen vergifteten übelriechenden Atem spürte. In dem Augenblick auch faßte der Fasanenfürst den bösen Pepser mit dem leuchtenden Schnabel und drückte ihn so gewaltig zusammen, daß er vor Wut und Schmerz laut aufkreischte, dann ließ er ihn aus der Höhe von dreitausend Ellen zur Erde niederfallen. Er konnte sich nicht regen und bewegen, bis auf sein wildes Geschrei seine Muhme, die große blaue Kröte herbeikroch, ihn auf den Rücken nahm und nach Hause schleppte. Fünfhundert lustige kecke Kinder erhielten tüchtige Fliegenklatschen, mit denen sie Pepsers häßliche Gesellen, die noch umherschwärmten und die schönen Blumen verderben wollten, totschlugen. Sowie nun Pepser fort war, zerfloß der schwarze Saft, womit er alles überzogen, von selbst und bald blühete und glänzte und strahlte alles so herrlich und schön wie zuvor. Ihr könnt denken, daß der garstige Pepser nun in meiner Mutter Reich nichts mehr vermag, aber er weiß, daß ich mich oft hinauswage und verfolgt mich rastlos unter allerlei Gestalten, so daß ich ärmstes Kind oft auf der Flucht nicht weiß, wo ich mich hin verbergen soll, und darum, ihr lieben Gespielen, entfliehe ich oft so schnell, daß ihr nicht spürt, wo ich hingekommen. Dabei muß es denn auch bleiben und wohl kann ich euch sagen, daß, sollte ich es auch unternehmen, mich mit euch in meine Heimat zu schwingen, Pepser uns gewiß aufpassen und uns totmachen würde." Christlieb weinte bitterlich über die Gefahr, in der das fremde Kind immer schweben mußte. Felix meinte aber: "Ist der garstige Pepser weiter nichts als eine große Fliege, so will ich ihm mit Papas großer

Fliegenklatsche schon zu Leibe gehen, und habe ich ihm eins tüchtig auf die Nase versetzt, so mag Muhme Kröte zusehen wie sie ihn nach Hause schleppt."

Wie der Hofmeister angekommen war und die Kinder sich vor ihm fürchteten

In vollem Sprunge eilten Felix und Christlieb nach Hause, indem sie unaufhörlich riefen: "Ach das fremde Kind ist ein schöner Prinz! – Ach das fremde Kind ist eine schöne Prinzessin!" Sie wollten das jauchzend den Eltern verkünden, aber wie zu Bildsäule erstarrt blieben sie in der Haustüre stehen, als ihnen Herr Thaddäus von Brakel entgegentrat und an seiner Seite einen fremden verwunderlichen Mann hatte, der halb vernehmlich in sich hineinbrummte: "Das sind mir saubere Rangen!" – "Das ist der Herr Hofmeister", sprach Herr von Brakel, indem er den

Mann bei der Hand ergriff, "das ist der Herr Hofmeister, den euch der gnädige Onkel geschickt hat. Grüßt ihn fein artig!" – Aber die Kinder sahen den Mann von der Seite an und konnten sich nicht regen und bewegen. Das kam daher, weil sie solch eine wunderliche Gestalt noch niemals geschaut. Der Mann mochte kaum mehr als einen halben Kopf höher sein als Felix, dabei war er aber untersetzt; nur stachen gegen den sehr starken breiten Leib die kleinen ganz dünnen Spinnenbeinchen seltsam ab. Der unförmliche Kopf war beinahe viereckig zu nennen, und das Gesicht fast gar zu häßlich, denn außerdem, daß zu den dicken braunroten Backen und dem breiten Maule die viel zu lange spitze Nase gar nicht passen wollte, so glänzten auch die kleinen hervorstehenden Glasaugen so graulich, daß man ihn gar nicht gern ansehen mochte. Übrigens hatte der Mann eine pechschwarze Perücke auf den viereckigen Kopf gestülpt, war auch von Kopf bis Fuß pechschwarz gekleidet und hieß Magister Tinte. Als nun die Kinder sich nicht rückten und rührten, wurde die Frau von Brakel böse und rief: "Potztausend ihr Kinder, was ist denn das? der Herr Magister wird euch für ganz ungeschliffene Bauernkinder halten müssen. – Fort! gebt dem Herrn Magister fein die Hand!" Die Kinder ermannten sich und taten, was die Mutter befohlen, sprangen aber, als der Magister ihre Hände faßte, mit dem lauten Schrei: "O weh o weh!" zurück. Der Magister lachte hell auf und zeigte eine heimlich in der Hand versteckte Nadel vor, womit er die Kinder, als sie ihm die Hand reichten, gestochen. Christlieb weinte, Felix aber grollte den Magister von der Seite an: "Versuche das nur noch ein Mal kleiner Dickbauch." – "Warum taten Sie das lieber Herr Magister Tinte", fragte etwas mißmutig der Herr von Brakel. Der Magister antwortete: "Das ist nun einmal so meine Art, ich kann davon gar nicht lassen." Und dabei stemmte er beide Hände in die Seite und lachte immerfort, welches aber zuletzt so widerlich klang wie der Ton einer verdorbenen Schnarre. "Sie scheinen ein spaßhafter Mann zu sein, lieber Herr Magister Tinte", sprach der Herr von Brakel, aber ihm sowohl als der Frau von Brakel, vorzüglich den Kindern, wurde ganz unheimlich zumute. "Nun, nun", rief der Magister, "wie steht's denn mit den kleinen Krabben, schon tüchtig in den Wissenschaften vorgerückt? – Wollen wir doch gleich sehen." – Damit fing er an, den Felix und die Christlieb so zu fragen, wie es der Onkel Graf mit seinen Kindern getan. Als nun aber beide versicherten, daß sie die Wissenschaften noch gar nicht auswendig wüßten, da schlug der Magister Tinte die Hände über den Kopf zusammen, daß es klatschte, und schrie wie besessen: "Das ist was schönes! – keine Wissenschaften. – Das wird Arbeit geben! Wollens aber schon kriegen!" Felix, sowie Christlieb, beide schrieben eine saubere Handschrift, und wußten aus manchen alten Büchern die ihnen der Herr von Brakel in die Hände gab und die sie emsig lasen, manche schöne Geschichte zu erzählen, das achtete aber der Magister Tinte für gar nichts, sondern meinte, das alles wäre nur dummes Zeug. – Ach! nun war an kein in den Wald Laufen mehr zu denken! – Statt dessen mußten die Kinder beinahe den ganzen Tag zwischen den vier Wänden sitzen und dem Magister Tinte Dinge nachplappern die sie nicht verstanden. Es war ein wahres Herzeleid! – Mit welchen sehnsuchtsvollen Blicken schauten sie nach dem Walde! Oft war es ihnen, als hörten sie mitten unter den lustigen Liedern der Vögel, im Rauschen der Bäume, des fremden Kindes süße Stimme rufen: "Wo seid ihr denn! Felix – Christlieb – ihr lieben Kinder! wo seid ihr denn! wollt ihr nicht mehr mit mir spielen! – Kommt doch nur! – ich habe euch einen schönen Blumenpalast gebaut – da setzen wir uns hinein und ich schenk euch die herrlichsten buntesten Steine – und dann schwingen wir uns auf in die Wolken und bauen selbst funkelnde Luftschlösser! – Kommt doch! Kommt doch nur!" Darüber wurden die Kinder mit allen ihren Gedanken ganz hingezogen nach dem Walde, und sahen und hörten nicht mehr auf den Magister. Der wurde aber dann ganz zornig und schlug mit beiden Fäusten auf den Tisch und brummte und summte und schnarrte und knarrte: "Pim – Sim – Prr – Srrr – Knurrr – Krrr – Was ist das! aufgepaßt!" Felix hielt das aber nicht lange aus, er sprang auf und rief: "Laß mich los mit deinem dummen Zeuge, Herr Magister Tinte, fort will ich in den Wald – such dir den Vetter Pumphose, das ist was für den! – Komm Christlieb, das fremde Kind wartet schon auf uns." – Damit ging es fort, aber der Magister Tinte sprang mit ungemeiner Behendigkeit hinterher und erfaßte die Kinder dicht vor der Haustür. Felix wehrte sich tapfer und der Magister Tinte war im Begriff zu unterliegen, da dem Felix der treue Sultan zu Hülfe geeilt war. Sultan, sonst ein frommer gesitteter Hund, hatte gleich vom ersten Augenblick einen entschiedenen Abscheu gegen den Magister Tinte bewiesen. Sowie dieser ihm nur nahe kam, knurrte er, und schlug mit dem Schweif so heftig um sich, daß er den Magister, den er geschickt an die dünnen Beinchen zu treffen wußte, beinahe umgeschmissen hätte. Sultan sprang hinzu und packte den Magister, der Felix bei den Schultern hielt, ohne Umstände beim Rockkragen. Der Magister Tinte erhob ein klägliches Geschrei, auf das Herr Thaddäus von Brakel schnell hinzueilte. Der Magister ließ ab von Felix, Sultan von dem Magister. "Ach wir sollen nicht mehr in den Wald", klagte Christlieb, indem sie bitterlich weinte. So sehr auch der Herr von Brakel den Felix ausschalt, taten ihm doch die Kinder leid, die nicht mehr in Flur und Hain herumschwärmen sollten. Der Magister Tinte mußte sich dazu verstehen, täglich mit den Kindern den Wald zu besuchen. Es ging ihm schwer ein. "Hätten Sie nur, Herr von Brakel", sprach er, "einen vernünftigen Garten mit Buchsbaum und Staketen am Hause, so könnte man in der Mittagsstunde mit den Kindern spazierengehen, was in aller Welt sollen wir aber in dem wilden Walde?" – Die Kinder waren such ganz unzufrieden und sprachen nun wieder: "Was soll uns der Magister in unserm lieben Walde?"

Wie die Kinder mit dem Herrn Magister Tinte im Walde spazierengingen und was sich dabei zutrug

"Nun?" – gefällt es dir nicht in unserm Walde Herr Magister?" fragte Felix den Magister Tinte, als sie daherzogen durch das rauschende Gebüsch. Der Magister Tinte zog aber ein saures Gesicht und rief: "Dummes Zeug, hier ist kein ordentlicher Steg und Weg, man zerreißt sich nur die Strümpfe und kann vor dem häßlichen Gekreisch der dummen Vögel gar kein vernünftiges Wort sprechen." – "Haha, Herr Magister", sprach Felix, "ich merk es schon, du verstehst dich nicht auf den Gesang und hörst es auch wohl gar nicht einmal, wenn der Morgenwind mit den Büschen plaudert und der alte Waldbach schöne Märchen erzählt." – "Und", fiel Christlieb dem Felix ins Wort, "sag es nur Magister, du liebst auch wohl nicht die Blumen?" Da wurde der Magister noch kirschbrauner im Antlitz als er schon von Natur aus war, er schlug mit den Händen um sich und schrie ganz erbost: "Was sprecht ihr da für tolles albernes Zeug? – wer hat euch die Narrheiten in den Kopf gesetzt? das fehlte noch, daß Wälder und Bäche dreist genug wären sich in vernünftige Gespräche zu mischen und mit dem Gesang der Vögel ist es auch nichts; Blumen lieb ich wohl, wenn sie fein in Töpfe gesteckt sind und in der Stube stehen, dann duften sie und man erspart das Räucherwerk. Doch im Walde wachsen ja gar keine Blumen." – "Aber Herr Magister", rief Christlieb, "siehst du denn nicht die lieben Maiblümchen, die dich recht mit hellen freundlichen Augen angucken?" – "Was was", schrie der Magister – "Blumen? Augen? – ha ha ha – schöne Augen – schöne Augen! Die nichtsnutzigen Dinger riechen nicht einmal!" – Und damit bückte sich der Magister Tinte zur Erde nieder, riß einen ganzen Strauß Maiblümchen samt den Wurzeln heraus, und warf ihn fort ins Gebüsch. Den Kindern war es, als ginge in dem Augenblick ein wehmütiger Klagelaut durch den Wald; Christlieb mußte bitterlich weinen, Felix biß unmutig die Zähne zusammen. Da geschah es, daß ein kleiner Zeisig dem Magister Tinte dicht bei der Nase vorbeiflatterte, sich dann auf einen Zweig setzte und ein lustiges Liedchen anstimmte. "Ich glaube gar", sprach der Magister, "ich glaube gar das ist ein Spottvogel?" Und damit nahm er einen Stein von der Erde auf, warf ihn nach dem Zeisig und traf den armen Vogel, daß er zum Tode verstummt von dem grünen Zweige herabfiel. Nun konnte Felix sich gar nicht mehr halten. "Ei du abscheulicher Herr Magister Tinte", rief er ganz erbost, "was hat dir der arme Vogel getan, daß du ihn totschmeißest? – O wo bist du denn, du holdes fremdes Kind, o komm doch nur, laß uns weit weit fortfliegen, ich mag nicht mehr bei dem garstigen Menschen sein; ich will fort nach deiner Heimat!" – Und mit vollem Schluchzen und Weinen stimmte Christlieb ein: "O du liebes holdes Kind, komm doch nur, komm doch nur zu uns, Ach! Ach! – rette uns – rette uns, der Herr Magister Tinte macht uns ja tot wie die Blumen und Vögel!" – "Was ist das mit dem fremden Kinde", rief der Magister. Aber in dem Augenblick säuselte es stärker im Gebüsch und in dem Säuseln erklangen wehmütige herzzerschneidende Töne, wie von dumpfen in weiter Ferne angeschlagenen Glocken. – In einem leuchtenden Gewölk, das sich herabließ, wurde das holde Antlitz des fremden Kindes sichtbar – dann schwebte es ganz hervor, aber es rang die kleinen Händchen, und Tränen rannen wie glänzende Perlen aus den holden Augen über die rosichten Wangen. "Ach", jammerte das fremde Kind, "ach ihr lieben Gespielen, ich kann nicht mehr zu euch kommen – ihr werdet mich nicht wiedersehen – lebt wohl! lebt wohl! – Der Gnome Pepser hat sich eurer bemächtigt, o ihr armen Kinder, lebt wohl – lebt wohl!" – Und damit schwang sich das fremde Kind hoch in die Lüfte. Aber hinter den Kindern brummte und summte und knarrte und schnarrte es auf entsetzlich grausige Weise. Der Magister Tinte hatte sich umgestaltet in eine große scheußliche Fliege, und recht abscheulich war es, daß er dabei doch noch ein menschliches Gesicht, und sogar auch einige Kleidungsstücke behalten. Er schwebte langsam und schwerfällig auf, offenbar um das fremde Kind zu verfolgen. Von Entsetzen und Graus erfaßt rannten Felix und Christlieb fort aus dem Walde. Erst auf der Wiese wagten sie emporzuschauen. Sie wurden einen glänzenden Punkt in den Wolken gewahr, der wie ein Stern funkelte und herabzuschweben schien. "Das ist das fremde Kind", rief Christlieb. Immer größer wurde der Stern und dabei hörten sie ein Klingen wie von schmetternden Trompeten. Bald konnten sie nun erkennen, daß der Stern ein schöner in gleißendem Goldgefieder prangender Vogel war, der, die mächtigen Flügel schüttelnd und laut singend, sich auf den Wald herabsenkte. "Ha", schrie Felix, "das ist der Fasanenfürst, der beißt den Magister Tinte tot –

ha ha, das fremde Kind ist geborgen und wir sind es auch! – Komm Christlieb – schnell laß uns nach Hause laufen und dem Papa erzählen was sich zugetragen."

Wie der Herr von Brakel den Magister Tinte fortjagte

Der Herr von Brakel und die Frau von Brakel beide saßen vor der Türe ihres kleinen Hauses, und schauten in das Abendrot, das schon hinter den blauen Bergen in goldenen Strahlen aufzuschimmern begann. Vor ihnen stand auf einem kleinen Tisch das Abendessen aufgetragen, das aus nichts anderem als einem tüchtigen Napf voll herrlicher Milch und einer Schüssel mit Butterbröten bestand. "Ich weiß nicht, wo der Herr Magister Tinte solange mit den Kindern ausbleibt. Erst hat er sich gesperrt und durchaus nicht in den Wald gehen wollen, und jetzt kommt er gar nicht wieder heraus. Überhaupt ist das ein ganz wunderlicher Mann der Herr Magister Tinte und es ist mir beinahe so, als sei es besser gewesen, er wäre ganz davon geblieben. Daß er gleich anfangs die Kinder so heimtückisch stach, das hat mir gar nicht gefallen, und mit seinen Wissenschaften mag es auch nicht weit her sein, denn allerlei seltsame Wörter und unverständliches Zeug plappert er her und weiß was der Großmogul für Kamaschen trägt; kommt er aber heraus, so vermag er nicht die Linde vom Kastanienbaum zu unterscheiden und hat sich überhaupt ganz albern und abgeschmackt. Die Kinder können unmöglich Respekt vor ihm haben." – "Mir geht es", erwiderte die Frau von Brakel, "mir geht es ganz wie dir lieber Mann! So sehr es mich freute, daß der Herr Vetter sich unserer Kinder annehmen wollte, so sehr bin ich jetzt davon überzeugt, daß das auf andere und bessere Weise hätte geschehen können, als daß er uns den Herrn Magister Tinte über den Hals schickte. Wie es mit seinen Wissenschaften stehen mag, das weiß ich nicht, aber soviel ist gewiß, daß das kleine schwarze dicke Männlein mit den kleinen dünnen Beinchen mir immer mehr und mehr zuwider wird. Vorzüglich ist es garstig, daß der Magister so entsetzlich naschhaftig ist. Keine Neige Bier oder Milch kann er stehen sehen, ohne sich darüber herzumachen, merkt er nun vollends den geöffneten Zuckerkasten, so ist er gleich bei der Hand und schnuppert und nascht so lange an dem Zucker, bis ich ihm den Deckel vor der Nase zuschlage; dann ist er auf und davon, und ärgert sich und brummt und summt ganz seltsam und fatal." Der Herr von Brakel wollte fortfahren im Gespräch, als Felix und Christlieb in vollem Rennen durch die Birken kamen. "Heisa! – heisa!" – schrie Felix unaufhörlich, "heisa heisa! der Fasanenfürst hat den Herrn Magister Tinte totgebissen!" – "Ach – Ach, Mama", rief Christlieb atemlos, "ach der Herr Magister, das ist der Gnomenkönig Pepser, eigentlich aber eine abscheuliche große Fliege die eine Perücke trägt, und Schuhe und Strümpfe." Die Eltern staunten die Kinder an, die nun ganz aufgeregt und erhitzt durcheinander von dem fremden Kinde, von seiner

Mutter der Feenkönigin, von dem Gnomenkönig Pepser und von dem Kampf des Fasanenfürsten mit ihm erzählten. "Wer hat euch denn die tollen Dinge in den Kopf gesetzt, habt ihr geträumt oder was geschah sonst mit euch?" So fragte Herr von Brakel ein Mal über das andere; aber die Kinder blieben dabei, daß sich alles so zugetragen wie sie es erzählten, und daß der häßliche Pepser, der sich für den Herrn Magister Tinte fälschlich ausgegeben, tot im Walde liegen müsse. Die Frau von Brakel schlug die Hände über den Kopf zusammen und rief ganz traurig: "Ach Kinder, Kinder, was soll aus euch werden, wenn euch solche entsetzliche Dinge in den Sinn kommen und ihr euch davon nichts ausreden lassen wollt!" – Aber der Herr von Brakel wurde sehr nachdenklich und ernsthaft. "Felix du bist nun schon ein ganz verständiger Junge, und ich kann es dir wohl sagen, daß auch mir der Herr Magister Tinte von Anfang an ganz seltsam und verwunderlich vorgekommen ist. Ja es schien mir oft, als habe es mit ihm eine besondere Bewandtnis und er sei gar nicht so wie andere Magister. Noch mehr! – ich sowohl als die Mutter, beide sind wir mit dem Herrn Magister Tinte nicht ganz zufrieden, die Mutter vorzüglich, weil er ein Naschmaul ist, alle Süßigkeiten beschnuppert und dabei so häßlich brummt und summt, er wird daher auch wohl nicht lange bei uns bleiben können. Aber nun, lieber Junge, besinne dich einmal, gesetzt auch, es gebe solche garstige Dinger, wie Gnomen sein sollen, wirklich in der Welt, besinne dich einmal ob ein Herr Magister wohl eine Fliege sein kann?" – Felix schaute dem Herrn von Brakel mit seinen blauen klaren Augen ernsthaft ins Gesicht. Der Herr von Brakel wiederholte die Frage: "Sag mein Junge! kann wohl ein Herr Magister eine Fliege sein?" Da sprach Felix: "Ich habe sonst nie daran gedacht, und hätte es wohl auch nicht geglaubt, wenn mir es nicht das fremde Kind gesagt, und ich es mit eigenen Augen gesehen hätte, daß Pepser eine garstige Fliege ist und sich nur für den Magister Tinte ausgegeben hat. – Und Vater", fuhr Felix weiter fort, als Herr von Brakel wie einer, der vor Verwunderung gar nicht weiß was er sagen soll, stillschweigend den Kopf schüttelte, "und Vater, sage, hat dir der Herr Magister Tinte selbst nicht einmal entdeckt, daß er eine Fliege sei? – habe ich's denn nicht selbst gehört, daß er dir hier vor der Türe sagte, er sei auf der Schule eine muntre Fliege gewesen? Nun was man einmal ist, das muß man, denk ich, auch bleiben. Und daß der Herr Magister, wie die Mutter zugesteht so ein Naschmaul ist und an allem Süßen schnuppert, nun Vater! wie machen's denn die Fliegen anders? und das häßliche Summen und Brummen." – "Schweig", rief der Herr von Brakel ganz erzürnt, "mag der Herr Magister Tinte sein, was er will, aber so viel ist gewiß, daß der Fasanenfürst ihn nicht totgebissen hat, denn dort kommt er eben aus dem Walde!" Auf dieses Wort schrien die Kinder laut auf und flüchteten ins Haus hinein. In der Tat kam der Magister Tinte den Birkengang herauf, aber ganz verwildert mit funkelnden Augen, zerzauster Perücke, im abscheulichen Sumsen und Brummen sprang er von einer Seite zur anderen hoch auf und prallte mit dem Kopf gegen die Bäume an, daß man es krachen hörte. So herangekommen, stürzte er sich sofort in den Napf, daß die Milch überströmte, die er einschlürfte mit widrigem Rauschen. "Aber um tausend Gotteswillen, Herr Magister Tinte, was treiben Sie?" rief die Frau von Brakel. "Sind Sie toll geworden, Herr Magister, plagt Sie der böse Feind?" schrie der Herr von Brakel. Aber alles nicht achtend schwang sich der Magister aus dem Milchnapf, setzte sich auf die Butterbröte hin, schüttelte die Rockschöße und wußte mit den dünnen Beinchen geschickt darüber hinzufahren und sie glattzustreichen und zu fälteln. Dann stärker summend schwang er sich gegen die Türe, aber er konnte sich nicht hineinfinden ins Haus, sondern schwankte wie betrunken hin und her und schlug gegen die Fenster an, daß es klirrte und schwirrte. "Ha Patron", rief der Herr von Brakel, "das sind dumme unnütze Streiche, wart das soll dir übel bekommen." Er suchte den Magister bei dem Rockschoß zu haschen, der wußte ihm aber geschickt zu entgehen. Da sprang Felix aus dem Hause mit der großen Fliegenklatsche in der Hand, die er dem Vater gab. "Nimm Vater, nimm", rief er, "schlag ihn tot den häßlichen Pepser." Der Herr von Brakel ergriff auch wirklich die Fliegenklatsche, und nun ging es her hinter dem Herrn Magister. Felix, Christlieb, die Frau von Brakel hatten sie Servietten vom Tische genommen und schwangen sie, den Magister hin und her treibend, in den Lüften, während Herr von Brakel unaufhörlich Schläge gegen ihn führte die leider nicht trafen, weil der Magister sich hütete auch nur einen Augenblick zu ruhen. Und wilder und wilder wurde die tolle Jagd – Summ – Summ – Simm – Simm – Trrr – Trrr – stürmte der Magister auf und nieder – und Klipp – Klapp fielen hageldichter des Herrn von Brakels Schläge und huß – huß – hetzten Felix Christlieb, die Frau von Brakel den Feind. Endlich gelang es dem Herrn von Brakel den Magister am Rockschoß zu treffen. Ächzend stürzte er zu Boden; aber in dem Augenblick, daß der Herr von Brakel ihn mit einem zweiten Schlage treffen wollte, schwang er sich mit erneuter doppelter Kraft in die Höhe, stürmte sausend und brausend nach den Birken hin und ließ sich nicht wieder sehen. "Gut daß wir den fatalen Herrn Magister Tinte los sind", sprach der Herr von Brakel, "über meine Schwelle soll er nicht wieder kommen." – "Nein das soll er nicht", fiel Frau von Brakel ein, "Hofmeister mit solchen abscheulichen Sitten können nur Unheil stiften, da wo sie Gutes wirken sollen. – Prahlt mit den Wissenschaften und springt in den Milchnapf! Das nenne ich mir einen schönen Magister!" – Aber die Kinder jauchzten und jubelten und riefen: "Heisa – Papa hat dem Herrn Magister Tinte mit der Fliegenklatsche eins auf die Nase versetzt und da hat er Reißaus genommen! – Heisa – Heisa!"

Was sich weiter im Walde begab, nachdem der Magister Tinte fortgejagt worden

Felix und Christlieb atmeten frei auf, als sei ihnen eine schwere drückende Last vom Herzen genommen. Vor allem dachten sie aber daran, daß nun, da der häßliche Pepser von dannen geflohen, das fremde Kind gewiß wiederkehren und so wie sonst mit ihnen spielen würde. Ganz erfüllt von freudiger Hoffnung gingen sie in den Wald; aber es war alles still und wie verödet darin, kein lustiges Lied von Fink und Zeisig ließ sich hören und statt des fröhlichen Rauschens der Gebüsche, statt des frohen tönenden Wogens der Waldbäche wehten angstvolle Seufzer durch die Lüfte. Nur bleiche Strahlen warf die Sonne durch den dunstigen Himmel. Bald türmte sich ein schwarzes Gewölk auf, der Sturm heulte, der Donner begann in der Ferne zürnend zu murmeln, die hohen Tannen dröhnten und krachten. Christlieb schloß sich zitternd und zagend an Felix an; der sprach aber: "Was fürchtest du dich so, Christlieb, es zieht ein

Wetter auf, wir müssen machen, daß wir nach Hause kommen." Sie fingen an zu laufen, doch sie wußten selbst nicht, wie es geschah, daß sie statt aus dem Walde herauszukommen immer tiefer hineingerieten. Es wurde finsterer und finsterer, dicke Regentropfen fielen herab und Blitze fuhren zischend hin und her! – Die Kinder standen an einem dicken dichten Gestrüpp. "Christlieb", sprach Felix, "laß uns hier ein bißchen unterducken, nicht lange kann das Wetter dauern." Christlieb weinte vor Angst, tat aber doch, was Felix geheißen. Aber kaum hatten sie sich hingesetzt in das dicke Gebüsch, als es dicht hinter ihnen mit häßlich knarrenden Stimmen sprach: "Dumme Dinger! – einfältig Volk – habt uns verachtet – habt nicht gewußt, was ihr mit uns anfangen sollt, nun könnt ihr sitzen ohne Spielsachen, ihr einfältigen Dinger!" Felix schaute sich um und es wurde ihm ganz unheimlich zumute, wie er den Jäger und den Harfenmann erblickte, die sich aus dem Gestrüpp, wo er sie hineingeworfen, erhoben, ihn mit toten Augen anstarrten und mit den kleinen Händchen herumfochten und hantierten. Dazu griff der Harfenmann in die Saiten, daß es widrig zwitscherte und klirrte, und der Jägersmann legte gar die kleine Flinte auf Felix an. Dazu krächzten beide: "Wart – Wart du Junge, du Mädel, wir sind die gehorsamen Zöglinge des Herrn Magister Tinte, gleich wird er hier sein und da wollen wir euch euern Trotz schon eintränken!" – Entsetzt, des Regens der nun herabströmte, der krachenden Donnerschläge, des Sturms der mit dumpfem Brausen durch die Tannen fuhr, nicht achtend, rannten die Kinder von dannen und gerieten an das Ufer des großen Teichs der den Wald begrenzte. Aber kaum waren sie hier, als sich aus dem Schilf Christliebs große Puppe, die Felix hineingeworfen, erhob und mit häßlicher Stimme quäkte: "Dumme Dinger, einfältig Volk – habt mich verachtet – habt nicht gewußt, was ihr mit mir anfangen sollt, nun könnt ihr sitzen ohne Spielsachen, ihr einfältigen Dinger! Wart wart du

Junge, du Mädel, ich bin der gehorsame Zögling des Herrn Magister Tinte, gleich wird er hier sein und da werden wir euch euern Trotz schon eintränken." Und dann spritzte die häßliche Puppe den armen Kindern, die schon vom Regen ganz durchnäßt waren, ganze Ströme Wasser ins Gesicht. Felix konnte diesen entsetzlichen Spuk nicht vertragen, die arme Christlieb war halbtot, aufs neue rannten sie davon, aber bald mitten im Walde sanken sie vor Angst und Erschöpfung nieder. Da summte und brauste es hinter ihnen. "Der Magister Tinte kommt", schrie Felix, aber in dem Augenblick vergingen ihm auch so wie der armen Christlieb die Sinne. Als sie wieder aus dem Schlaf erwachten, befanden sie sich auf einem weichen Moossitz. Das Wetter war vorüber, die Sonne schien hell und freundlich und die Regentropfen hingen wie funkelnde Edelsteine an den glänzenden Büschen und Bäumen. Hoch verwunderten sich die Kinder darüber, daß ihre Kleider ganz trocken waren und sie gar nichts von der Kälte und Nässe spürten.

"Ach" rief Felix indem er beide Arme hoch in die Lüfte emporstreckte: "Ach das fremde Kind hat uns beschützt!" Und nun riefen beide, Felix und Christlieb, laut, daß es im Walde wiedertönte: "Ach du liebes Kind, komme doch nur wieder zu uns, wir sehnen uns ja so herzlich nach dir, wir können ja ohne dich gar nicht leben!" – Es schien auch, als wenn ein heller Strahl durch die Gebüsche funkelte von dem berührt die Blumen ihre Häupter erhoben; aber riefen auch wehmütiger und wehmütiger die Kinder nach dem holden Gespielen, nichts ließ sich weiter sehen. Traurig schlichen sie nach Hause, wo die Eltern, nicht wenig wegen des Ungewitters um sie bekümmert, sie mit voller Freude empfingen. Der Herr von Brakel sprach: "Es ist nur gut, daß ihr da seid, ich muß gestehen, daß ich fürchtete, der Herr Magister Tinte schwärme noch im Walde umher, und sei euch auf der Spur." Felix erzählte alles, was sich im Walde begeben. "Das sind tolle Einbildungen", rief die Frau von Brakel, "wenn euch draußen im Walde solch verrücktes Zeug träumt sollt ihr gar nicht mehr hingehen, sondern im Hause bleiben." Das geschah denn nun freilich nicht, denn wenn die Kinder baten: "Liebe Mutter laß uns ein bißchen in den Wald laufen", so sprach die Frau von Brakel: "Geht nur, geht und kommt hübsch verständig zurück." Es geschah aber, daß die Kinder in kurzer Zeit selbst gar nicht mehr in den Wald gehen mochten. Ach! – das fremde Kind ließ sich nicht sehen und sowie Felix und Christlieb sich nur tiefer in das Gebüsch wagten oder sich dem Ententeich nahten, so wurden sie von dem Jäger, dem Harfenmännlein, der Puppe ausgehöhnt: "Dumme Dinger, einfältig Volk, nun könnt ihr sitzen ohne Spielzeug – habt nichts mit uns artigen gebildeten Leuten anzufangen gewußt – dumme Dinger, einfältig Volk!" – Das war gar nicht auszuhalten, die Kinder blieben lieber im Hause.

Beschluß

"Ich weiß nicht", sprach der Herr Thaddäus von Brakel eines Tages zu der Frau von Brakel, "ich weiß nicht, wie mir seit einigen Tagen so seltsam und wunderlich zumute ist. Beinahe möchte ich glauben, daß der böse Magister Tinte mir es angetan hat, denn seit dem Augenblick, als ich ihm eins mit der Fliegenklatsche versetzte und ihn forttrieb, liegt es mir in allen Gliedern wie Blei." In der Tat wurde auch der Herr von Brakel mit jedem Tag matter und blässer. Er durchstrich nicht mehr wie sonst die Flur, er polterte und wirtschaftete nicht mehr im Hause umher, sondern saß stundenlang in tiefe Gedanken versenkt und dann ließ er sich von Felix und Christlieb erzählen wie es sich mit dem fremden Kinde begeben. Sprachen sie denn nun recht mit vollem Eifer von den herrlichen Wundern des fremden Kindes, von dem prächtigen glänzenden Reiche, wo es zu Hause, dann lächelte er wehmütig und die Tränen traten ihm in die Augen. Darüber konnten sich Felix und Christlieb aber gar nicht zufriedengeben, daß das fremde Kind nun davonbleibe und sie der Quälerei der häßlichen Puppen im Gebüsch und im Ententeiche bloßstelle, weshalb sie gar nicht mehr sich in den Wald wagen möchten. "Kommt, meine Kinder, wir wollen zusammen in den Wald gehen, die bösen Zöglinge des Magisters Tinte sollen euch keinen Schaden tun!" So sprach an einem schönen hellen Morgen der Herr von Brakel zu Felix und Christlieb, nahm sie bei der Hand und ging mit ihnen in den Wald, der heute mehr als jemals voller Glanz, Wohlgeruch und Gesang war. Als sie sich ins weiche Gras unter duftenden Blumen gelagert hatten, fing der Herr von Brakel in folgender Art an: "Ihr lieben Kinder, es liegt mir recht am Herzen und ich kann es nun gar nicht mehr aufschieben euch zu sagen, daß ich ebensogut wie ihr das holde fremde Kind, das euch hier im Walde so viel Herrliches schauen ließ, kannte. Als ich so alt war wie ihr, hat es mich ebenso wie euch besucht und die wunderbarsten Spiele gespielt. Wie es mich dann verlassen hat, darauf kann ich mich gar nicht besinnen und es ist mir ganz unerklärlich, wie ich das holde Kind so ganz und gar vergessen konnte, daß ich, als ihr mir von seiner Erscheinung erzähltet, gar nicht daran glaubte; wiewohl ich oftmals die Wahrheit davon leise ahnte. Seit einigen Tagen gedenke ich aber so lebhaft meiner schönen Jugendzeit wie ich es seit vielen Jahren gar nicht vermochte. Da ist denn auch das holde Zauberkind so glänzend und herrlich, wie ihr es geschaut habt, mir in den Sinn gekommen und dieselbe Sehnsucht von der ihr ergriffen, erfüllt auch meine Brust, aber sie wird mir das Herz zerreißen! – Ich fühl es, daß ich zum letztenmal hier unter diesen schönen Bäumen und Büschen sitze, ich werde euch bald verlassen ihr Kinder! – Haltet, wenn ich tot bin, nur recht fest an dem holden Kinde!" – Felix und Christlieb waren außer sich vor Schmerz, sie weinten und jammerten und riefen laut: "Nein Vater – nein Vater, du wirst nicht sterben, du wirst nicht sterben, du wirst noch lange bei uns bleiben und so wie wir mit dem fremden Kinde spielen!" – Aber Tages drauf lag der Herr von Brakel schon krank im Bette. Es erschien ein langer hagerer Mann, der dem Herrn von Brakel an den Puls fühlte und darauf sprach: "Das wird sich geben!" Es gab sich aber nicht, sondern der Herr von Brakel war am dritten Tage tot. Ach wie jammerte die Frau von Brakel, wie rangen die Kinder die Hände, wie schrien sie laut: "Ach unser Vater – unser lieber Vater!" – Bald darauf als die vier Bauern von Brakelheim ihren Herrn zu Grabe getragen hatten, erschienen ein paar häßliche Männer im Hause, die beinahe aussahen wie der Magister Tinte. Die erklärten Frau von Brakel, daß sie das ganze Gütchen und alles im Hause in Beschlag nehmen müßten, weil der verstorbene Herr Thaddäus von Brakel das alles und noch viel mehr dem Herrn Grafen Cyprianus von Brakel schuldig geworden sei, der nun das Seinige zurückverlange. So war denn nun die Frau von Brakel bettelarm geworden und mußte das schöne Dörfchen Brakelheim verlassen. Sie wollte zu einem Verwandten hin, der nicht fern wohnte, und schnürte daher ein kleines Bündelchen mit der wenigen Wäsche und den geringen Kleidungsstücken, die man ihr gelassen, Felix und Christlieb mußten ein gleiches tun, und so zogen sie unter vielen Tränen fort aus dem Hause. Schon hörten sie das ungestüme Rauschen des Waldstroms über dessen Brücke sie wollten, als die Frau von Brakel vor bitterm Schmerz ohnmächtig zu Boden sank. Da fielen Felix und Christlieb auf die Knie nieder und schluchzten und jammerten: "O wir armen unglücklichen Kinder! nimmt sich denn keiner, keiner unsers Elends an?" In dem Augenblick war es, als werde das ferne Rauschen des Waldstroms zu lieblicher Musik, das Gebüsch rührte sich in ahnungsvollem Säuseln – und bald strahlte der ganze Wald in wunderbarem funkelnden Feuer. Das fremde Kind trat aus dem süßduftenden Laube hervor, aber von solchem blenden Glanz umflossen, daß Felix und Christlieb die Augen schließen mußten. Da fühlten sie sich sanft berührt und des fremden Kindes holde Stimme sprach: "O klagt nicht so, ihr meine lieben Gespielen! Lieb ich euch denn nicht mehr? kann ich euch denn wohl verlassen? Nein! – seht ihr mich auch nicht mit leiblichen Augen, so umschwebe ich euch doch beständig und helfe euch mit meiner Macht, daß ihr froh und glücklich werden sollet immerdar. Behaltet mich nur treu im Herzen, wie ihr es bis jetzt getan, dann vermag der böse Pepser und kein anderer Widersacher etwas über euch! – liebt mich nur stets recht treulich!" – "O das wollen wir, das wollen wir!" riefen Felix und Christlieb, "wir lieben dich ja mit ganzer Seele." Als sie die Augen wieder aufzuschlagen vermochten, war das fremde Kind verschwunden, aber aller Schmerz war von ihnen gewichen und sie empfanden die Wonne des Himmels, die in ihrem Innersten aufgegangen. Die Frau von Brakel richtete sich nun auch langsam empor und sprach: "Kinder! ich habe euch im Traum gesehen, wie ihr wie in lauter funkelndem Golde standet und dieser Anblick hat mich auf wunderbare Weise erfreut und getröstet." Das Entzücken strahlte in der Kinder Augen, glänzte auf ihren hochroten Wangen. Sie erzählten wie eben das fremde Kind bei ihnen gewesen sei und sie getröstet habe, da sprach die Mutter: "Ich weiß nicht, warum ich heute an euer Märchen glauben muß, und warum dabei so aller Schmerz, alle Sorgen von mir weichen. Laßt uns nun getrost weitergehen." Sie wurden von dem Verwandten freundlich aufgenommen, dann kam es wie das fremde Kind es verheißen. Alles, was Felix und Christlieb unternahmen, geriet so überaus wohl, daß sie samt ihrer Mutter Froh und glücklich wurden und noch in später Zeit spielten sie in süßen Träumen mit dem fremden Kinde, das nicht aufhörte, ihnen die lieblichsten Wunder seiner Heimat mitzubringen.